徐桂香

河北任丘人。1996年考入南开大学东方艺术系，主修中国画，师从范曾、杜滋龄、陈玉圃、韩昌力诸先生。2000年攻读山水画研究生，导师陈玉圃先生，2003年获硕士学位。现为北京林业大学园林学院副教授，北京美术家协会会员，曾在《美术》、《美术观察》、《国画家》、《美术向导》、《人民日报》等多种刊物发表文章与美术作品。

《采薇》

綢繆束薪三星在天
今夕何夕見此良人
甲午初秋寫詩經綢繆詩意

《绸缪》

《风雨》

我徂東山慆慆不歸我來自東零雨其濛
我來自東曰歸我心西悲制彼裳衣勿
士行枚蜎蜎者蠋烝在桑野敦彼獨宿
亦在車下 歲在甲午夏月 桂香寫東山
詩意并記之

《东山》

《晨风》

《葛覃》

《鹤鸣》

《卷耳》

《君子于役》

《凯风》

《竹竿》

《女曰鸡鸣》

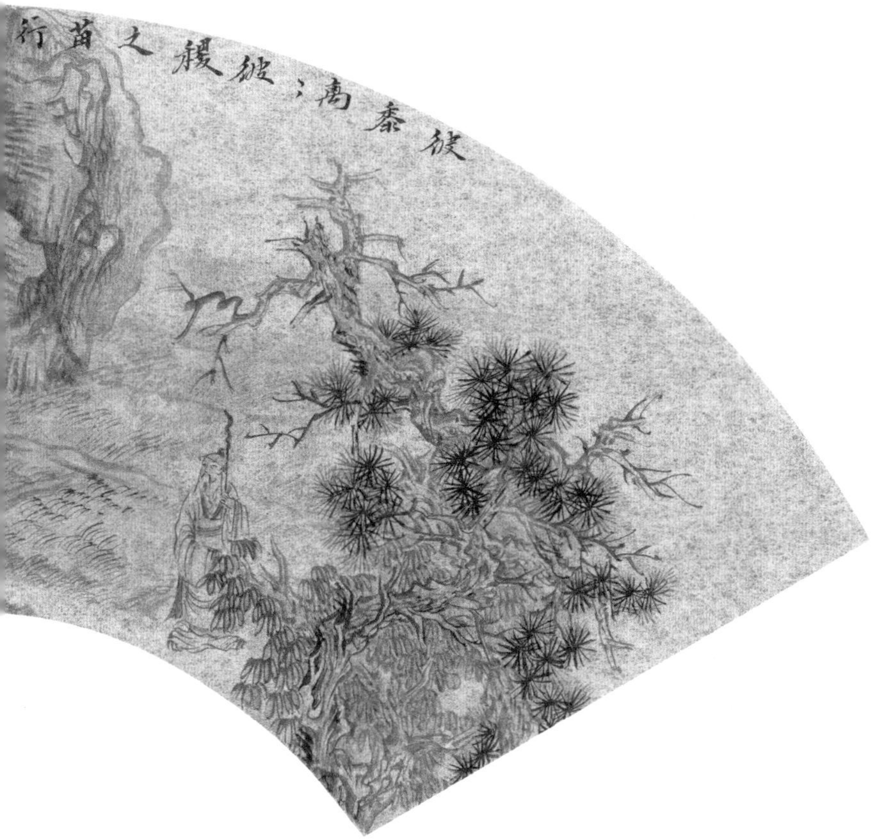

《黍离》

《桃夭》

《燕燕》

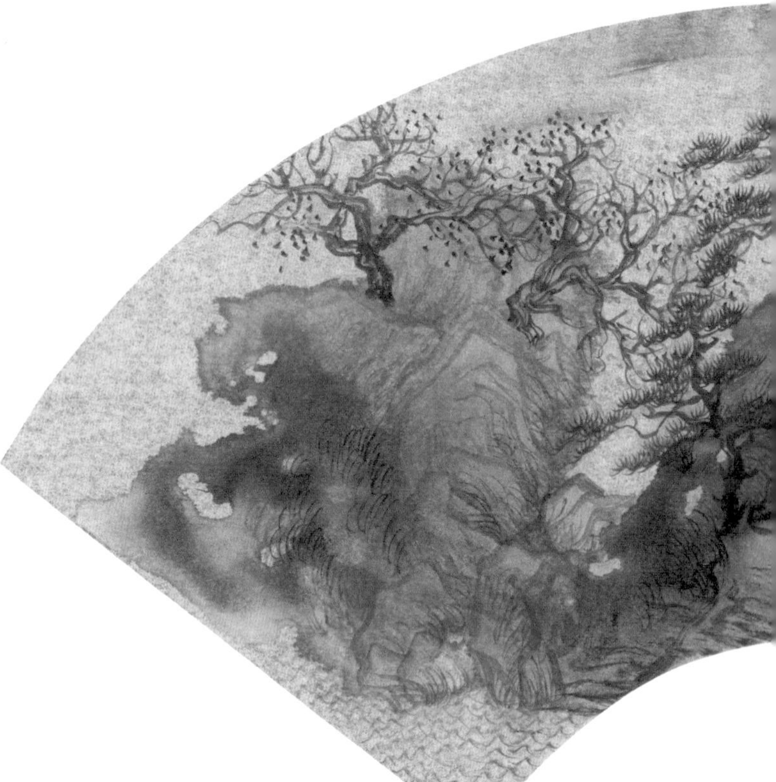

《园有桃》

載馳載驅歸唁衛
侯驅馬悠々言至於漕
大夫跋涉我心則憂
甲午夏月梓香寫

《载驰》

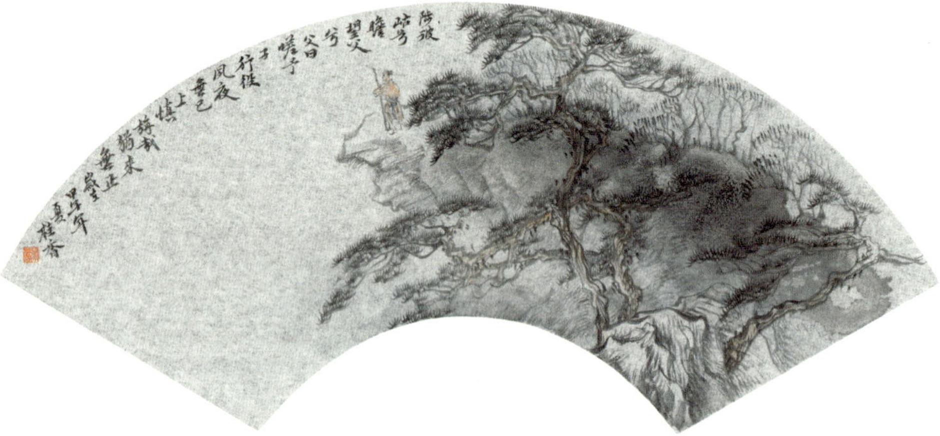

《陟岵》

《蓼莪》

新思想系列丛书

读诗·诗经

陈文璟 著

文化艺术出版社
Culture and Art Publishing House

图书在版编目（CIP）数据

读诗·诗经 / 陈文璟著. — 北京：文化艺术出版社，
2015.4
ISBN 978-7-5039-5979-0

Ⅰ.①读… Ⅱ.①陈… Ⅲ.①古体诗—诗集—中国—
春秋时代②《诗经》—注释 Ⅳ.①I222.2

中国版本图书馆CIP数据核字（2015）第068281号

读诗·诗经

著　　者　陈文璟
责任编辑　潘　艳
装帧设计　马夕雯
出版发行　文化艺术出版社
地　　址　北京市东城区东四八条52号　（100700）
网　　址　www.whyscbs.com
电子邮箱　whysbooks@263.net
电　　话　（010）84057666（总编室）　84057667（办公室）
　　　　　84057691—84057699（发行部）
传　　真　（010）84057660（总编室）　84057670（办公室）
　　　　　84057690（发行部）
经　　销　全国新华书店
印　　刷　国英印务有限公司
版　　次　2015年5月第1版
印　　次　2015年5月第1次印刷
开　　本　787毫米×1092毫米　1/16
印　　张　7
字　　数　50千字
书　　号　ISBN 978-7-5039-5979-0
定　　价　28.00 元

新思想系列丛书序

“新思想”指的是一种新的文化态度，或者说，是对“道统”认知的回归。

经过一个多世纪的学习和借鉴，我们已经能足够流畅地使用西方文化中的各个标准，不需要再像五四文化先驱那样极端排斥传统。他们有他们的无奈，一个多世纪的被动挨打，中华民族的生存是首要问题。更重要的是他们的国学底子都非常雄厚，因此他们的反传统，其实只是借用极端的手段来根治晚清以来的腐败文风。这种情况在章太炎、胡适、鲁迅、陈寅恪、梁漱溟等近代文化代表身上都可以发现。无论他们言辞如何激烈，“在安身立命之处，仍旧是传统的中国文人”（傅斯年语，参见《胡适日记》）。

我们要学习和继承五四文化先驱的使命和责任，但学古人并不意味着完全追随古人。洞山和尚对于老师的态度是“半肯半不肯”。问：“为何不全肯？”洞山曰：“若全肯，即辜负先师也。”我们再不能盲目地从西方寻求真理，五四文化先驱们的饮鸩止渴在今天已经不适合。治重症的猛药不能老吃，否则不仅治不了病，反而会夺去我们的生命。

“新思想”对应的就是新文化，虽然都是文化态度，不过彼以破，我以立；彼以攻，我以守。本着“至诚”的心态重新认知传统文化，本着“创新”的精神为重新实现文化兴国的重任、实现中华文化的伟大复兴贡献微薄之力。

因此，本丛书所指的“新思想”既是文化态度，更是“止于至善”的道德追求。或许在今天西学泰盛的时代，这种呼声很微弱，很可笑，但我们相信一定会成功！因为，子曰：“德不孤，必有邻！”

前言

《诗经》是我国最早的诗歌选集。孔子曰："诗三百，思无邪。"孔子没有就文本内容进行具体解读，而是直接点出"思无邪"。这个"思"，可以理解为创作的动机，或者发心，也可以理解为创作的过程和作品的主题，实际是一个"即知即行"的人生态度，直接说就是作品的境界。

境界在人是气质，在音乐是节奏，在书画艺术就是笔墨。"无邪"即是纯善，完全为人，也完全为己。也就是说，在孔子看来，文学形式是什么样不重要，关键是作品的境界要达到至善境界，善则美，善则真。

事实上，这是中国传统文化理念对文学作品的一贯品评态度，舍此并没有更好的方式。所以，我们在此书中的品读更多是一种意境上的契合和理解，而非文本的索隐，这是读者需要特别留意的。

不过，文字究竟不是玄想，"思无邪"的本质虽然在于自我修养，但也要表现在具体实践中，还需要具体的形式来传递给读者。我们选择了《诗经》三十首加以解读，既适合这个时代的阅读习惯，也是为文化传统的继承和发展尽一份自己的力量。

诗曰："风雨如晦，鸡鸣不已。"我们且不用去理会"风雨"，先做好自己，天该亮了，就好好"打鸣"，也许那些可以改变世界的人，就等着我们的呼唤呢。

目录

关雎 …………………… 1
葛覃 …………………… 6
卷耳 …………………… 9
桃夭 …………………… 12
汝坟 …………………… 15
柏舟 …………………… 18
绿衣 …………………… 22
燕燕 …………………… 25
凯风 …………………… 28
谷风 …………………… 31
载驰 …………………… 35
葛生 …………………… 38
黍离 …………………… 41
君子于役 ……………… 44
女曰鸡鸣 ……………… 47
风雨 …………………… 50
绸缪 …………………… 53
晨风 …………………… 56
竹竿 …………………… 59
园有桃 ………………… 62
陟岵 …………………… 65
东山 …………………… 68
伐柯 …………………… 72
棠棣 …………………… 75
伐木 …………………… 79
采薇 …………………… 84
鹤鸣 …………………… 88
民劳 …………………… 91
维天之命 ……………… 96
蓼莪 …………………… 100

结语 …………………… 105

关雎

关关雎鸠，在河之洲。窈窕淑女，君子好逑[1]。
参差荇菜，左右流之。窈窕淑女，寤寐求之[2]。
求之不得，寤寐思服。悠哉悠哉，辗转反侧[3]。
参差荇菜，左右采之。窈窕淑女，琴瑟友之[4]。
参差荇菜，左右芼之。窈窕淑女，钟鼓乐之[5]。

注释

[1] 关关，即水鸟鸣叫之声。开篇如此，取其声韵上扬，有回声之感，令读者宛若置身其中，不免感同身受也。雎（jū）鸠：水鸟。逑（qiú）：《毛传》："逑，合也。"《郑笺》："逑，聚也。"

[2] 参差：长短不齐的样子。

[3] 寤寐：梦寐。

[4] 荇（xìng）：水生草本植物，可食用。

[5] 芼（mào）：采。

品读

采自民间的歌谣，虽然创作的动机可能仅仅是源自爱情，但其被应用的空间和价值却远远不止于此。一如写生后创作的艺术品，虽然源自于乡下采风的激动，却应该有着更加深远和纯粹的精神，否则也就不能成就艺术。这是任何经典文艺作品所以能永恒的奥秘，并不稀奇，人人都能有所阐释，可惜事实却是，无论创作者还是欣赏者，都很难有完全贯彻之者。

从文本来看，《关雎》确实是一首爱情诗，但之所以被采风者选中，成为在国家重要场合可以吟诵的诗句，却一定不仅仅止于爱情，而在于它所揭示的伦理价值要超乎情感之上，有着人类需要平衡理智、需要遵守礼仪道德的文化内涵，即儒家倡导的“发乎情，止乎礼”这样的道德要求。或许读者以为这样的解读过于平庸，而且已经有历代学者贤达阐释过，但这不妨碍我们在此再强调一下。因为，一般来说，或许每个人都能对此有所认同，但在面对诱惑的时候，大多却又不能有所坚持。不是偏执于理智，完全剥离文艺形式，将其纯粹之精神具象化，显得颇为腐朽僵化，就是仅以爱情追求为其本质，倡言自由恋爱云云，其实是追逐表象，因形失义，更显得轻浮不可靠。

大道之行，无处不在。于其广大，愚夫愚妇可以日行而不知，于其精微，贤达君子不足以把握其根本。老子说：“道可道，非常道。”玄奘法师说：“如人饮水，冷暖自知。”孔子说：“贤者过之，愚者不及。”因此，《关雎》所以能为《诗经》的第一篇，既在于纯真的爱情，更在于它对感情的节制，控制住了自己欲望，归于礼仪。是人就有感情，一切缘起于情欲，没有爱情怎么会有人生？这是科学认知，我们不必去否定。但人类不能只有情欲，还要将其制服，止于人的理智。也就是说，一切世间纠缠，都源于欲望，但不能止于欲望，应该接受它，转化它，升华它，使之成为永恒，或者是逻辑上的真理，或者是“知止”的精神境界。一如追求美丽的女子，心向往之，日夜思之，却能遵守礼仪，步步为营，绝不轻言放弃，也绝不逾越雷池半步。这种认识就是人性的升华，不恃力，不依势，以德服人，这不就是我们文化一直坚持的标准吗？所以，国家领导人一直说，中国永远不会称霸，其实是有文化基因的，我们希望和而不同，没有那种极端的文化融合倾向：选择融合或者死亡。这已经有五千年的文化发展史证明了，不需要特别的解读。

或许我们也会爱慕海伦这样的女人，但我们不会去拐骗，也不会去强夺，而是会根据礼仪一步步来。如果不合乎礼仪，我们就会选择放弃。对中国人来说，遵守文化礼仪远比发泄欲望更加重要，平和有序的生长要比吃激素、转基因式的发展重要。老子说：“强梁者不得其死。”霸气是恃力者所崇尚的，却是我们所鄙视的。没有文化传统，艺术上再努力也只能是画匠而已。倪瓒一方面赞许王蒙的笔力强悍，说：“王侯笔力能抗鼎，五百年来唯此君。”一方面又说：“此画深得荆关遗意，非王蒙辈所能梦见也！”（董其昌《画禅室随笔》）又如，昆曲曲折婉转，低吟徘徊，却比唱腔相对铿锵有力的京剧更受文人群体喜欢，现在甚至成了高大上的一种文化享受。究其根本，就是在于他们都继承了《关雎》以来的“知止”传统。

那么，止于何处呢？自然是《大学》中说的“在明明德，在亲民，在止于至善”。依照《诗经》来解读，则是“乐而不淫，哀而不伤”的礼仪世界。人类世界的理想国肯定不是弱肉强食的丛林世界，保护弱者的权利，懂得如何平衡权力，才是一个文明社会的成熟标志。从这个角度读《关雎》，或许我们就会发现，诗词的作者，或者解读诗词的圣人，都希望我们能透过情欲本身去体会安抚欲望的重要性，因为人类最宝贵的品质，宽容、克制、忍让等等，都来自于对情欲的降服。

因此，具体研读这首诗，我觉得应该这样理解：

首先是发乎情的欲望，见到水鸟交颈而欢，即想到了自己爱慕的女子，见景生情即是如此。然而这种情绪并不能任意发泄，需要控制，就会产生“寤寐思服”的焦虑，以致“辗转反侧”而不能入眠。这时候情绪已经淤积到一个极致，如同洪水汇集，大堤已然不堪重负，当下，我们应该如何处理？是去直接表达爱意，还是强行夺取？都不是，而是水到渠成的程序正义之下的和谐。现代社会中往往强调程序正义，以为这是西方社会现代文明中颇能代表民主自由思想的关键词，殊不知在中国《诗经》的第一篇就讲到了这个问题。这也是我们要看到的《关雎》的第二个境界，即情绪得到了规范和有秩序的控制。而控制之后就是第三个境界，是“钟鼓乐之”的之子于归带来的圆满和谐的氛围。从触景生情，到求之不得，从琴瑟友之，到钟鼓乐之，其实都在阐释对情欲的控制确实做到了有礼有节，有情有义。这样，结果才能是皆大欢喜。

对于“参差荇菜，左右流之”等的理解，我以为不妨认为诗人不是在类比，而是在反比。荇菜之于窈窕淑女，无疑于小人之于君子。小人见利忘义，无所不用其极，而君子则有所不为，然后才能有所为。从形象上看，荇菜随波逐流，可以左右逢源，食者也可以左右采之。而追求女性，却需要专心致志，由浅及深，切不能简单粗暴。是以我们完全可以抛弃历代以来以荇菜比喻淑女，或者淑女正在采摘荇菜的解释，而直接认识到其实两者之间是一种反比的关系，反而对理解《关雎》的言外之意更有辅助作用。这个解释以我有限的知识来说，尚属新意，如有雷同，也不伤大雅，如有不妥，也不过一家之言。无论如何，对读者来说，只要能正确阐释清楚《关雎》的本意就好。

以此看，此处的美女何尝不可以寓意君子？屈原就这样类比过。《关雎》也可以暗指国家征召人才，所以能依靠的还是要尊重礼仪。君子是不注重利益的，只能正道求之。当初刘邦不尊重文化人，所以“商山四皓”才不肯出山。因此，龚自珍的“我劝天公重抖擞，不拘一格降人才”中的天公大概也是指皇帝吧！人才遍地都是，关键是你对待他的方式，符合礼就合作，不符合就纳履而去。

还有诸多引申，不一一赘述。总之，《关雎》说的其实是人对于道的追求要一心一意，更要正道求之。全篇借助一个美丽的场景，步步为营地带着我们走进幸福的世界。这就是礼仪世界的真谛啊，就是大道运行的本体存在啊！

葛覃

葛之覃兮，施于中谷，维叶萋萋[1]。
黄鸟于飞，集于灌木，其鸣喈喈[2]。
葛之覃兮，施于中谷，维叶莫莫[3]。
是刈是濩，为絺为绤，服之无斁[4]。
言告师氏，言告言归。薄污我私[5]，
薄浣我衣。害浣害否，归宁父母[6]。

注释

[1] 葛：草名。覃（tán）：蔓延。施（yì）：移也。

[2] 喈喈：鸟鸣声。

[3] 莫莫：茂密的样子。

[4] 刈（yì）：用刀割。濩（huò）：煮。絺（chī）：细葛布。绤（xì）：粗葛布。斁（yì）：厌弃。

[5] 污（wū）：洗去污垢。私：内衣。

[6] 浣（huàn）：洗涤。害（hé）：通“曷”，“何”，什么。

品读

不说“嫁鸡随鸡嫁狗随狗”，免得过于迂腐。但对一个妻子来说，如果自己的家庭不能收拾得干干净净，却积极投身于公益活动，自己的丈夫孩子不能照顾好，却急切地想着帮助他人，自己的家庭没有调整好，却热衷于帮助其他家庭获得幸福等等，我觉得都是失职的。或许现在男女地位平等，各人都应有自己的生活空间和存在方式，每个人都应该尊重对方的人生选择，但夫妻之间似乎不应是契约关系，而是一种精神上的融合。你即是我，我即是你，相得益彰才可以和睦相处。一旦产生芥蒂，往往就会你计较我，我算计你，从而背离最初的感情，得不偿失。当然，现在女人也不用像古代女人那样担心离婚，甚至在面对婚姻的时候，她们比男人还想得开，或者放得下，甚至觉得没了男人生活会更幸福。这大概就是她们现在所以能自得其乐的本钱吧？但，女人这么想，男人也这么想，大家都放弃了责任，追求起自己，世界真的会变得更好吗？

我们说天尊地卑，说的并不是品格上的高低，而是分工的不同。一个家庭宛如一个宇宙，阴阳调和才能风调雨顺，而阴阳失调就会导致环境恶劣。因此，作为男人，我还是希望我的妻子能如《葛覃》中的妇人，虽然深爱自己的父母，也有自己的理想和追求，但更在意自己作为妻子的职责。不仅是要求丈夫提供无条件的支持，自己也要为家庭做出牺牲，家里能保持一个快乐和谐的气氛，这是一个人多大的福气啊。唐人韦应物诗《送杨氏女》曾经让我感慨半天：父亲一直宠爱的女儿要出嫁了。满满的父爱变成了谆谆教诲：“自小阙内训，事姑贻我忧。赖兹托令门，任恤庶无尤。贫俭诚所尚，资从岂待周。孝恭遵妇道，容止顺其猷。”真正爱自己的女儿，绝对不会安排她做小箍子，把丈夫家的财产往自己家搬，更不会让她时刻记住自己是女儿，而不是媳妇。果真如此，那不是爱女儿，而是在害女儿。女儿已经嫁出去了，家庭不能幸福，最吃亏的还是女儿。所以，韦应物是个了不起的人，写的诗很好。

我也可以想象一下自己如果有这样贴心的女人，是不是会做梦都笑出声来呢？我如果这样幸福，她离着幸福还会远吗？

山里的藤萝，可以茁壮地生长，林中的黄鸟，可以自由地飞翔。能感受它们的快乐，是因为看的人自己也非常快乐。相得益彰，情景交融，这就是忘我的境界，是人生最难获得的和谐。这个女人不仅仅能拥有它，还能享受它，创造它。

做媳妇难不难？需要照顾好公公婆婆，需要照顾好先生孩子，需要应付家里的种种琐屑，还需要照顾好自己，乃至自己的父母等等。对现代女人来说，这真是太难了。她们会说，我们还要工作呢！但这首诗的作者却没觉得这有多难，她也有很多的工作，可能更辛苦。但在她来说，这都是顺理成章的事情，一件件做，秉持着快乐的心态，则那种情绪自然会感染所有人，乃至于所有的物，乃至于整个世界。这是为什么呢？

书曰："心诚求之，虽不中，不远矣。"《葛覃》一诗，不过是"诚其意"而已，即是我们追求大道的通途。诗人心无芥蒂，所以能安然做事，所以能体会人生幸福。幸福就在你手中，或许不完全正确，但幸福确实就在于你的心中啊！

卷耳

采采卷耳，不盈顷筐。嗟我怀人，置彼周行[1]。
陟彼崔嵬，我马虺隤。我姑酌彼金罍，维以不永怀[2]。
陟彼高冈，我马玄黄。我姑酌彼兕觥，维以不永伤[3]。
陟彼砠矣，我马瘏矣，我仆痡矣，云何吁矣[4]。

注释

[1] 卷耳：草本植物名，嫩苗可食。周行：大道。

[2] 陟：登。崔嵬（wéi）：有石头的土山。虺（huī）隤（tuí）：疲病不能登高。罍（léi）：酒器。

[3] 兕（sì）觥（gōng）：犀牛角做的酒杯。

[4] 砠（jū）：有土的石山。瘏（tú）：劳累过度而生病。痡（pū）：生病。《离骚》中有“陟升皇之赫戏兮，忽临睨夫旧乡。仆夫悲余马怀兮，蜷局顾而不行”句，与此诗似有渊源，可以参看。

品读

反复读这首诗，我想何必非要认为这是一首妻子思念丈夫的诗，又何必别出心裁地说这首诗分为两段，前者为妻子说，后者为丈夫说？不如混为一体，理解为丈夫思念妻子的诗。为什么只能妻子思念丈夫，而丈夫不能思念妻子？男女之间的关系在《诗经》的时代显然要比我们所想象得轻松自如很多。那种错误的认识其实源自于我们近代以来接受的教育，习惯性地把中国古代的男女关系设置为保守僵化，却不知道僵化的是我们自己，而非古人。

所以，我们不妨将思念的角度转换一下，就会发现这首诗其实浑然一体，断断不可分割。

久在征战的勇士心力已经疲惫，盔甲上的尘埃沉重地压在心口，黄沙戈壁，长河落日，已经过了多少年了？离家有几千里了？无论如何去抵抗，精神还是日复一日地思念家乡，以及那个跳跃在绿色中的女人。恍惚中看到她正在采集春日郊外的卷耳，却没有办法收集一筐，柔弱的身躯不堪生活的重担，仅仅是半筐的卷耳也只能放在大路旁，稍微歇息。是等谁来帮忙？还是思念着那个曾经一起劳作的身影？风吹起她的长发，缭绕着勇士的思绪。他想归去，哪怕是一个小时，一刻钟，只要能陪着那个女人，背着卷耳，安安静静地回家。然而却只能幻想，只能心痛。责任的无奈放弃引来无限的悔恨伤感。“悔叫夫婿觅封侯”，难道只有女人才会有这样的遗憾吗？男人其实一样。

他或许真的已经厌倦了沙场的残酷、人事上的奸险，功名富贵宛如身上的黄沙，只能徒增烦恼，不如天际那一抹晚霞，令人想起，家乡那个女人劳作时为风所吹动的衣裳。随着征战，四处流浪，每当乡愁充满胸膛，他就只能登彼高岗，回望故乡。烟云渺渺，河水荡漾，都不足以慰我心伤，于是只能寄意于酒，酒不足以抑制情绪，反而促发更深层次的绝望。无论是残酷的现实，比如战马已经受伤，仆从也伤感地坐在地上。上山，还是不上山，真那么重要吗？天啊，我该怎么办？我能怎么办？

采风的人一定感慨为国尽忠和为家尽责的冲突，虽然从逻辑上看，为国尽忠就是为家尽责，但在个人情感上，不可避免地会有一些冲突，有一些犹豫，这才显得抛家为国的人更加难得，他们的选择更加值得我们尊重。

是以《卷耳》说的虽是一种缠绵的相思，却不足以沉溺其中，否则又误了相思的本意了。

桃夭

桃之夭夭，灼灼其华。之子于归，宜其室家[1]。
桃之夭夭，有蕡其实。之子于归，宜其家室[2]。
桃之夭夭，其叶蓁蓁。之子于归，宜其家人[3]。

注释

[1] 夭夭：桃花怒放的样子。于归：出嫁。古代把丈夫家看做女子的归宿，故称“归”。宜：和顺、亲善。

[2] 蕡（fén）：果实将熟的样子。

[3] 蓁蓁（zhēn）：繁茂的样子。

品读

娶妻生子，是人生大事。固然一个女人如果嫁对了男人，她的一生会幸福美好，但一个男人娶对了女人，何尝不是如虎添翼，可以事半功倍地完成人生旅途？以前郤缺在农田里干活，夫妻可以相敬如宾，遵守礼节，所以臼季才受到震动，向晋文公举荐了郤缺，他也确实为晋国立下了诸多功劳。因此，郤缺要感谢他的媳妇能够理解他、支持他，没有像姜太公的媳妇那样，整天埋汰自己的先生，觉得挣不了钱，没有出息。

女人说自己丈夫没有出息，难道不是在埋汰自己吗？既然在一个阵营，就需要同心协力。《易》曰：“二人同心，其利断金；同心之言，其臭如兰。”夫妻如果同心，则草堂可以媲美华屋，粗粮堪比凤髓。所以，婚姻真的是人生大事，可以说是第二次生命的开始，一定要慎重啊！视婚姻如儿戏的人是不可以托付幸福的。

也许有人会说，夫妻在一起都是缘份，并不是可以选择的。这话说起来太消极，虽然可能事实确实如此，我们还是要相信自己的努力，否则任由命运的摆布，那人生又怎么会有价值和意义呢？一如古人通过种种方式希望可以预知未来，他们预知未来的目的不是为了放弃，而是为了努力去改变。知其不可而为之，不恰恰是我们传统文化中最重要的人生认识吗？

而且，对古人来说，他们基本不喜欢自由恋爱这种方式。爱情是盲目的，陷入爱情的人大多是愚蠢的，因此他们的结合往往来自于冲动。要知道两个人结合，小则是两个家庭，大则是两个家族，乃至两个国家、两种文化之间的事情，不谨慎思索是不对的。当年松赞干布请婚，如果太宗皇帝没有精心选择了文成公主，则藏汉之间的关系或许不会得到太多调和。历史证明，两位公主——文成公主和金城公主的婚姻对藏汉的文化融合起到了非常关键的作用。

在这首诗里，诗人即为我们交待了娶妻子应该如何去考量。美丽并不是必须的，用桃树来形容女子，不过是表达一种美好的祝福，桃即寿，桃色是婚姻的色彩。最重要的观念都在于娶了这个女人对家庭好。娶一个女人能对整个家庭好，这才是最重要的。因为我们古人相信，家齐才能国治，国治才能天下平。现在人很多都认为婚姻是两个人的事，都显得太自私和短视了。

当年胡适留学美国，十四岁即离开故乡，家里的母亲为他娶了胡冬秀。按照当时的风气，包括鲁迅在内的诸多新派人物，都抛弃了小脚老婆，而换了新式女性，只有胡适尊重母亲的选择，感激胡冬秀在他不在母亲身旁的时候能以未过门媳妇的身份伺候婆婆，尽职尽责。他没有换。结果怎么样呢？他做的对呢，还是错呢？他自己说过，他这一辈子做过的最赚的买卖就是娶了胡冬秀。个中原因不外乎：之子于归，宜其家人。

唐德刚曾调侃说，胡适大名垂宇宙，小脚太太亦随之。胡适所以成为胡适，就在于他没有抛弃胡冬秀，他连这个女人都不忍心伤害，又怎么会抛弃责任，抛弃国家呢？

汝坟

遵彼汝坟，伐其条枚。未见君子，惄如调饥[1]。
遵彼汝坟，伐其条肄。既见君子，不我遐弃[2]。
鲂鱼赪尾，王室如毁。虽则如毁，父母孔迩[3]。

注释

[1] 遵：循，沿。汝：汝河，在今河南省。坟：大堤。条枚：枝曰条，干曰枚。秋日可于农村见农民修剪树枝，大者均拉回家当柴火也。惄（nì）：饥，一说忧愁。调（zhōu）：又作“輖”，“朝”（鲁诗此处作“朝”字），早晨。

[2] 肄（yì）：树砍后再生的小枝。遐（xiá）：远。

[3] 鲂（fáng）鱼：鳊鱼。赪（chēng）：浅红色。毁：火，齐人谓火为毁，如火焚一样的颜色。

品读

在农村生活，看到农民修理路边的杨树，不免想起这首诗来。冬天伐枝，是为了生活，夏天伐枝是为了树木更好地生长。诗人以伐枝交待了一个时间段，即是从冬天到春天，乃或夏天，大概有一年的时间吧。我看有的人说伐老枝和伐新枝足以说明诗人是在同一个地方伐枝，在同一个地方等着先生的归来。这个说法有意思，但其实不符合生活常识，何况诗的第一句就交待了是在汝河的河沿之上，已经圈定了地方，再去落实到点，在行文上就罗嗦了。所以这里的伐枝交待的应该是时间。时间、地点、人物本来就是一篇文字不可或缺的因素。

回到诗词本身，这首诗的作者是古代的女权主义者。

她并不排斥男人的地位，也安于女人的责任，不过更希望男人能理解女人的付出，不要喜新厌旧，做出危害家庭的事情来。毕竟对于男人和女人来说，家庭稳固才是一切的基础。事实上，女人依附于男人，或者男人依附于女人，古往今来都是一种客观的家庭现象。《聊斋志异》中折磨男人的女汉子也不是少数，所以，对于古代妇女的悲惨境遇，其实来自于我们无限扩大个体导致的。其实出于一种狭隘的心理，即旧的总是不好的，新的才好。这是科技主义的人生观在作怪。古人不是这么看，说：衣不如新，人不如旧。衣服当然是新的好，但老婆还是旧的可靠。当然，也有“夫婿轻薄儿，新人美如玉，但见新人笑，哪闻旧人哭”这样的情况，但这并不是主流价值观，我们不必讨论。

现在遇到婚姻问题，女人往往埋怨自己的能力不够强大，或者经济上不能独立，或者精神上不肯决裂，总之都是围绕着自己去看问题。表面上看这是一种进步，不怨天尤人，就从自己的角度去反省，实则差之毫厘谬以千里。为什么这么说呢？因为这种认识仅仅来自于对能力和经济等外在因素的认识，忘记了婚姻的维系其实在于情感的交融。有的人嗤笑为了孩子不能离婚的人，却不明白孩子就是情感的维系点，而且度过了难关之后，往往关系会由点到面，逐渐恢复到理想的阶段。毕竟所有的爱情都禁不住时间的考验，没有利益冲突的时候什么都好，一旦不遂心如意，即破口大骂者有之，刀枪相向者有之。

诗人在处理婚姻问题的时候非常含蓄，她很爱自己的先生，忧心忡忡，担心他会因为事业上的原因抛弃自己。古代所崇尚的是糟糠之妻不下堂，但这只是一种正面的现象，在现实中，男人一旦富贵了就换老婆的事情层出不穷，比如民国初年，很多人就打着新文化的旗号换了发妻，这些人比富贵了换老婆的还无耻，因为他们还需要一顶冠冕堂皇的帽子，虚伪至极。

事实上诗人并没有遇到这样的状况，她只是含蓄地提醒自己的先生，即使富贵了，也不应该忘乎所以，别忘记父母还在身边需要照顾呢！为什么忽然转到父母上呢?

一是古代婚姻大多是媒妁之言，父母之命。因此妻子不仅仅是自己的妻子，更是父母选中的媳妇，如果不尊重她，间接地等于不尊重父母，那就是不孝。在古代这可是非常大的罪过，甚至可以影响到个人的仕途。

二是诗人也间接提醒先生：你不在的时候都是我辛辛苦苦照顾公公婆婆，你富贵了也不能忘记报恩啊。我没有功劳也有苦劳。这个家并不是你一个人能支撑的，没了我，一样也不行。

三是诗人也含蓄地说了自己的心里话，不要再离开我，离开家。因为父母其实就是个幌子，你能看到我真实的精神吗?

我猜，如果他的先生不是白痴，应该能莫逆于心了。

柏舟

泛彼柏舟，亦泛其流。耿耿不寐，如有隐忧[1]。
微我无酒，以敖以游。我心匪鉴，不可以茹[2]。
亦有兄弟，不可以据。薄言往愬，逢彼之怒[3]。
我心匪石，不可转也。我心匪席，不可卷也。
威仪棣棣，不可选也。忧心悄悄，愠于群小[4]。
觏闵既多，受侮不少。静言思之，寤辟有摽[5]。
日居月诸，胡迭而微？心之忧矣，如匪浣衣[6]。
静言思之，不能奋飞。

注释

[1] 泛：漂流。

[2] 鉴：铜镜。茹（rú）：容纳。

[3] 据：依靠。言：语气助词。愬（sù）：同“诉”，告诉。

[4] 棣棣：安和。选：同“巽”，屈挠退让貌。悄悄：忧愁。愠（yùn）：恼怒，怨恨。

[5] 觏（gòu）：同“遘”，遭逢。闵（mǐn）：指中伤陷害之事；寤：睡醒。辟：通“擗”，捶胸。摽（biào）：捶，打。

[6] 浣（huàn）：洗涤。

品读

从变化中去寻求人生的根本，也会止于自己所属的境界吧？古人说：期于霸者止于霸，期于王者止于王。齐桓公成为霸主之后失去了追求的目标，乃至最终失败。因此，人的一生，最重要的是境界，境界越高，对人生的认识就越彻悟，乃至泯灭分别心，归于天地之间的常道的时候，可以自由自在，顺其自然。可见，变化不是永恒，不变也不是永恒，只有在变化中忘记变化，我们才可以体会出不变或变其实都是由我们心识决定的一种镜像，一旦打碎了镜子，就什么都没有。

“泛彼柏舟，亦泛其流”容易引起的伤感，大概在于感触相对于自然，个人的力量终归渺小，于是一切雄心不过是蜗牛角上的游戏。因而，所有的忧伤和感慨，过去的种种是非，竟然还这样萦绕于心，真是惭愧。不过，诗人的伤感竟然这样不能自己，连醉酒出游都不能解忧？“微我无酒，以敖以游”，并不是“不是我没有酒，用来到处游”，而是“可惜我没有酒”，即曹操“何以解忧，唯有杜康”的意思。

当然，阮籍途穷而哭，李白醉死于酒，真正的忧愁不是靠外力能解决的，只能从内心处发光明，如文天祥那样能“突遇大光明”，然后才可以忽略忧愁和痛苦，化为丹青上的永恒。诗人显然也明白这点，他说，自己没有办法做镜子，能够毫无分别心地接受所有的事情，是人就有喜怒哀乐，有主动性，于是就有很多认识和感慨。但这种认识是虽有兄弟如手足也不能被理解的，境界上的感触很多时候只能一个人才能体会。所谓“薄言往愬，逢彼之怒”不过是一个遁词，倒也符合事实。因为亲如手足的兄弟往往更没有耐心听自己的倾诉，甚至还会特别指出所有的问题都在他自己，要学会适应社会，而不是要求社会适应你。

在诗人来说，既然天下没有可以诉说的人，那么就需要独立地面对世界，我应该采取什么样的人生态度呢？是任由物化我为灰烬，一如河水淘沙，还是坚持我化物呢？人所以为人，总不免有一种不屈之志，一旦能发挥志气，则物为我用，人生的境遇就会出现扭转性的变化，从物化我，到我化物，一切的因缘都来自于心动，也就是所谓的念头，一个念头一旦生成，自然会念念不已。涓涓细流终将成为大河，条条大河也终将成海。所以，任由念头泛滥就是“亦泛其流”，要坚持一个正念，做到非石非席，保持良好的生活态度，维护正确的念头，从“不变”中去寻求人生的幸福，那么还有什么可以担心的呢？

有个朋友忽然发短信给我，说中医老师说身体弱，不能读经，因为控制不住念头。我说，生死不渝，然后才可以得到大认识。洪承畴担心衣服脏了，所以他成了汉奸，献身文化传统，还在乎那些歪道邪说干什么呢？虽然他们可以喋喋不休，乱人心智，但我们每每深夜自省，我们需要的又是什么呢？一旦明确，难道不会痛心疾首过去的错误行径吗？读经不过是为了结缘，需要的东西不是读经，但却得通过读经获得，一字一句，在朗读的时候忽然让你有所感悟，有所体会，对于文化信仰有所坚持，那就对了。

诗人显然也是这样的，他深夜静思，仰观天空，俯察大地，发现自然规律本来就是变化不已，又展现出恒定的表象，宇宙寥廓深邃，又热闹无比。个人遇到的这些疑惑算什么呢？把它们像脱脏衣服一样扔掉，恢复我们本来的面目吧！

我想特别指出的就是“静言思之，不能奋飞”，这是儒家文化要求“行善及人“的特点，也是诸多伟大的文化进入中国之后本土化成功的关键点，读者应该特别留意。所谓的“不能奋飞”，就是“不必奋飞”，一旦飞走了，那对这个人世间还有什么用呢？当初很多佛弟子悟道，成就了大罗汉真身，很多人选择了自杀，因为他们所悟的道已经泯灭了生死，在境界上超越了此世，对这个世界来说已经毫无实际用处，那不如飞去。可是他们都走了，谁来教化我们这些境界低下的人呢？于是，还有菩萨，他们虽然可以成佛，境界超越俗世，但却愿意降低一格，来引导我们。孔子就是这样的人，他奔走诸国，颠沛流离，甚至曾经被困于陈蔡之间，七日不能饮食，他弦歌不绝。他的快乐不是伪装的，因为这个世界本来就没有他所在意的东西，包括自己的肉体，既然世人没有缘分听从他的教诲，他其实也没有什么损失。所以颜回才说，老师的大道是贯穿天地的，世人不明白，不是老师的损失，是他们的损失啊！

一个人能力越大，责任越大，境界越高，越能体会众生的痛苦，所以悟道之后的诗人才说：不能奋飞啊！这是悟道后的境界，读诗的人在此一定要留意和思考。

绿衣

绿兮衣兮，绿衣黄里；心之忧矣，曷维其已[1]。
绿兮衣兮，绿衣黄裳；心之忧矣，曷维其亡[2]。
绿兮丝矣，女所治兮；我思古人，俾无忧兮[3]。
絺兮绤兮，凄其以风。我思古人，实获我心[4]。

注释

[1] 绿、黄：古人着衣，以黄色为正色。此处绿衣黄里，把绿色置于外面，黄色置于里面，形容颠倒错置。

[2] 亡：消逝，犹“已”。

[3] 女：即汝，第二人称，非单指女性也。故此处可以引申为所怨之人，或君或夫，或妻或友，均可。

[4] 絺、绤：细、粗之布衣。《汉书·王褒传》：“故服絺绤之凉者，不苦盛夏之郁燠。”可见此处乃心事因风而散，神清气爽之意也。

品读

死生是命，自然的变化谁也改变不了，人类竭尽所能创造科技，但还是免不了生老病死，该夭折的还是要夭折，该长寿的还是能长寿。这是永恒存在的自然规律，每个人都应了解并坦然接受，然后才能一死生，获得永恒的安静。可惜的是，人类心中总是有欲望之蛇，不安心于命运的安排，急切地想着改变命运，战胜自然，乃至取代上帝的位置，天真地认为人生只要越努力，收获就会越多。这就是古人说的阴阳失序，上下颠倒。

《绿衣》感慨的应该也是次序的颠倒。本来所托非人，已是无可奈何。反观自己，移情古人，以“我思古人，实获我心”来抚慰自己，虽然有些荒唐，却可以在情绪最低落的时候感动自己，使之能消化缠绵悱恻，解开无数的情感纠结，乃至最后可以放下一切，忘情于世间。其实，所谓的忘情是因为情感注入得太满，乃至于无所谓有情，所以才可以忘情。一般来说，情绪最低落的人会变得异常敏感而坚强，所有之前的坚持都可以在一时间内决定放弃，比如羊角哀抛弃了追求一生的富贵，比如俞伯牙在钟子期坟前摔碎了琴。所以，无论这首诗的作者是不是庄姜，它一定不是简单地指向悼亡。因为作者希望引导读者去了解他的内心，体会他看透世情之后的寂寞，寂寞固然不需要人去抚慰，但如果能有一种精神上的契合，那么寂寞就是幸福。甚至，一个人的时候，寂寞也是幸福。这种情绪是你能理解的吗？知道了，就是“我思古人，实获我心”，不知道，就是“我之忧矣，曷维其已”。其实，所有的相思并不是因为你，而是为了我。

对于执着于悼亡诗的人这种说法显然是残酷的。孔子说：视死如事生。你既然不曾离去，我又何必纠葛，恰如衣服，无论是什么样的材质，不过是为了挡风遮体，挡不住风。离开的不曾离开，存在的不曾存在，“𫄨兮绤兮，凄其以风”，都可以抵消夏日之烦恼，了解人生之快乐。庄子为什么可以鼓盆而歌，我们为什么要制定礼仪？人类一旦任情绪泛滥在寂寞里，人就会迷失，而礼仪规矩不过是荒原上的明星，你看着它就会忘记寂寞，遵循它，就会走出迷茫。所以，我们需要的不是相思，而是忘情，忘情恰恰是因为有情，因为我要带着你，无论你是生是死，是强迫症还是自闭症，都会一起走出迷茫。

不要学习潘岳这类人，迷惑于《绿衣》的表面情绪，沉浸在其中没有办法自拔，正是基于此，我才说不能将此诗看作是悼亡诗。有人说“古”和“故”通假，以确凿它的悼亡诗本质，那“绿衣黄里”就会失去反复吟咏的意义。所以，至少它不是单纯的悼亡诗，我们不应该望文生义，因情泛滥，强调所谓的情真意切，事实上，真正的感情深切不能源于自私，不能一厢情愿，而是要宽容、退让和放弃。你放弃的时候，你才觉得全宇宙都是她，也都是你。

孟子说：尽信书，不如不读书。

燕燕

燕燕于飞，差池其羽[1]。
之子于归，远送于野。
瞻望弗及，泣涕如雨。
燕燕于飞，颉之颃之[2]。
之子于归，远于将之。
瞻望弗及，伫立以泣。
燕燕于飞，下上其音。
之子于归，远送于南。
瞻望弗及，实劳我心。
仲氏任只，其心塞渊[3]。
终温且惠，淑慎其身[4]。
先君之思，以勖寡人[5]。

注释

[1] 差池：错落也，喻翅膀飞动，错落有致。

[2] 颉（jié）：上飞。颃（háng）：下飞。

[3] 仲：排行第二。氏：姓氏。任：姓。只：语助词。

[4] 终：既，已经。

[5] 勖（xù）：勉励。

品读

秋高气爽的早上，我自己在书房里写东西，写到这首诗，忽然觉得窗外汽车的喧嚣陌生而遥远，反而是键盘噼里啪啦的声音如同音乐，让我想起多少年前的那一天，我用钢笔在一遍一遍地写着献给你的小说，说一些莫名其妙的话，哼着一些陈词滥调，你从来没有听过，我很想唱给你听。在那样一个黄昏，在学校图书馆的台阶上，但时光就这样溜走了，再没有了这样的机会。多少年之后在夏日的夜里，我看着她就像看着你，看着自己，仿佛那个时候的你和我就这么路过，却一样手足失措，一样没有拉起你的手，更不用说如同情侣一样的诉说。实际上，我或许更享受这样的状态吧？我怕索取反而会导致失去，而且我已经满足于你的一笑一颦，它实在能让我感觉幸福，忘记苦恼。

所以，我说写这首诗的人其实是幸福的，因为在送别友人的时候，他忘记了自己的孤独，回味着与知己的时光。他有闲情去描写燕子飞来飞去的姿势，呢喃细语的神态，也有描写自己的伤感，朋友离去的场景，但这些不过是烟雾弹，他根本就是在告诉我们分别的落寞带给他的幸福。这种幸福是一种认识生命的态度，并不是物质精神上的单纯界定。甚至回头看看所谓的“泣涕如雨”、“伫立以泣”就显得很平静，仿佛是在论述一个不相干的人，品味这种平静是可以导致最终幸福的。跳出三界外，不过如此。

正是摆脱了情感的束缚，诗人他控制住了自己的情绪，能从道德上去抚慰自己，开始回念离去的人的品德，是否忠贞仁厚，是否质朴纯洁，有没有能帮助我完善自己修行的地方等等，这就把简单的一个送别伤感转换到了道德修养之上了。这是古人的修为，可以做到不为境转，出入由心，使一切都能归于心境的平复，即“发乎情，止于礼”。

一切止于此，然后就能获得人生的平静，有再大的风浪都可以坦然面对了。真是太了不起了。甚至，还可以这么说，这也是最好的思念离去之人的方式啊。她所喜欢的我喜欢，她所开拓的我去继承，同样在做着一个事业，那么在这条道路上我们就永远不曾分开。肉体固然可以分别，但精神却永远在一起。离别诗写到这个层面，也就只能如此了，多一点阐释都显得多余了。

很可惜，我做不到。痛苦的时候，我会一任感情忘乎所以，有时候不免于伏案而泣，又时候不免于来回奔走于斗室之间，有时候不免于回忆那个人的容貌，一颦一笑，奢望她能在精神的世界里跟我说话，或者想象一下两个人又能重逢的场景，忽略了我的文化责任和她的幸福。我错了，实在是太脆弱了，还不足以有强大的力量去支撑我所要献身的事业，纠缠于感情的表面，而忽略了内心空虚的实质，无论怎么做，都得不到救赎，都只能随着泥沙而下。

反复吟咏“燕燕于飞”，不免有些忘情，止于此吧！

凯风

凯风自南，吹彼棘心。棘心夭夭，母氏劬劳[1]。
凯风自南，吹彼棘薪。母氏圣善，我无令人[2]。
爰有寒泉，在浚之下。有子七人，母氏劳苦[3]。
睍睆黄鸟，载好其音。有子七人，莫慰母心[4]。

注释

[1] 凯风：和风。一说南风，夏天的风。马瑞辰《毛诗传笺通释》："凯之义本为大，故《广雅》云：'凯，大也。'秋为敛而主愁，夏为大而主乐，大与乐义正相因。"棘：落叶灌木，枝上多刺，开黄绿色小花，实小，味酸。心：指纤小尖刺。劬（qú）：辛苦。劬劳：操劳。

[2] 棘薪：长到可以当柴烧的酸枣树。圣善：明理而有美德。令：善。

[3] 爰（yuán）：何处；一说发语词，无义。浚（xùn）：卫国地名。

[4] 睍睆（xiàn huǎn）：清和宛转的鸟鸣声，一说美丽。黄鸟：黄雀。

品读

做一个合格的孝子，根据贤达的教育，大概要在三个方面努力：孝心、孝行、孝性。第一次听“讲病”的老师这么说，我随着自己的习气进行了品读，说这个次序不对，应该是孝性、孝心、孝行。每个人都有孝性，汇集于心成为孝心，实践于事成为孝行。从逻辑上看，这也是对的，但老师说的孝性，是能转化父母的性情，涉及到化人的具体实践，跟我的纯粹理论解释是两个层面，所以不必纠缠。

“讲病”这个方式很有意思，我接触的是王善人的《化性谈》。王善人是清末民初的人，他大字不识，却在为父母守墓的时候有所感悟，对人生有了透彻的认识，认识到一切不过是“孝”字，因而教化乡党有缘，引人向善，幸福生活，确实挺好。我仔细读他的文字，觉得“孝”不仅仅在孝于父母，更在于孝于天地，孝于自心。所谓的孝，并不是简单地供养，或者一味地顺从，而是“善继人之志，述人之事”。因此，为什么我们祖先那么注重史籍的撰写和保存？其实这关系到整个文化的价值观和人生观是建立在一个“孝”字上，如此而已。

这首诗用南风来比喻母亲温和宽容的爱，十分贴切。母亲是天下最能包容我们的人，无论我们做了什么，她都会默默地支持和理解。我记得一个故事，说某人觉得母亲年纪大了，是生活的累赘，准备扔到山里，于是背着母亲往山里走。母亲什么都没拿，就拿了袋豆子，一路走一路撒，他就问为什么，母亲说，怕你回去的时候迷路。

另外，在这首诗里，诗人说“有子七人，莫慰母心”，这句话是打动我选择品读它的原因。生儿防老，结果生了七个孩子，还没有办法让母亲感到宽慰。这是什么缘故呢？

一是母亲对于孩子的心意是无微不至的，没有原则。并没有因为我们已经长大成人，富足幸福了就停止，反而会发现更多的不足。比如工作忙得早上吃不了饭，她会说你，衣服稍微穿得随意点，她会说你，住的地方稍微凌乱了，她会说你，开车打个电话，她会说你，总之，在她眼睛里，我们永远都是小孩，都需要她的照顾和指导。有的人会因此而产生厌烦之心，可是，一旦母亲走了，想再听这样的唠叨你都听不到了啊，不要身在福中不知福了。所以，别说是七个孩子，就是有七十个孩子，母亲大概也会觉得不满足吧？

另外一种认识就是我们对于母亲的孝敬应该是没有止境的，无论怎么做，都不应该觉得够了。够了是从物质上说的，不够是从亲情上说的。从心意上完全顺从母亲，这是多么难的一件事情啊，让母亲觉得够了，是很容易的事情，但她说够了，你就觉得够了吗？在她你做一点就够了，在我们自己，永远都没有办法报答母亲的养育之恩。这才是正确的理解。所以诗人说自己，有七个兄弟，却还是没有能让母亲开心。或者是实指，或者是虚指，但都一样让人感觉沉重。父母健康是人生最幸福的事情之一，而有能力供养父母，父母又不在了，这是人生最痛苦的事情之一。

总之，做一个合格的孝子，真正不容易啊。

谷风

习习谷风，以阴以雨。黾勉同心，不宜有怒[1]。
采葑采菲，无以下体。德音莫违，及尔同死[2]。
行道迟迟，中心有违。不远伊迩，薄送我畿[3]。
谁谓荼苦，其甘如荠。宴尔新婚，如兄如弟[4]。
泾以渭浊，湜湜其沚。宴尔新婚，不我屑以[5]。
毋逝我梁，毋发我笱。我躬不阅，遑恤我后[6]。
就其深矣，方之舟之。就其浅矣，泳之游之[7]。
何有何亡，黾勉求之。凡民有丧，匍匐救之[8]。
不我能慉，反以我为仇。既阻我德，贾用不售[9]。
昔育恐育鞫，及尔颠覆。既生既育，比予于毒[10]。
我有旨蓄，亦以御冬。宴尔新婚，以我御穷[11]。
有洸有溃，既诒我肄。不念昔者，伊余来塈[12]。

注释

[1] 谷风：东风。黾（mǐn）勉：犹勉勉，尽力自勉。

[2] 采葑：葑，芜菁。菲，萝卜。下体：根茎。德音：善言，犹好话。莫违：不要违反。及：与。

[3] 迟迟：缓慢。这句写女子被逐而离开家庭，在路上行走很慢。畿：门限。这两句写女子被弃逐而离开家庭时，其夫只送到门限以内，极言男子的薄情。

[4] 荼：苦菜。荠：甜味的菜。

[5] 泾：泾水。渭：渭水。二水皆发源于今甘肃省境内，至陕西高陵县合流。泾水浊而渭水清。不我屑以：犹言不屑和我在一起。

[6] 逝：往。梁：鱼梁，流水中拦鱼之物。这两句是说，我自己还不被丈夫所容，哪有余暇忧虑我走后的事。

[7] 方：泭，即筏子。

[8] 有：谓富。亡：与“无”同，言贫乏。

[9] 慉：喜悦之意。

[10] 育：生养，犹今言生活。恐：恐惧。鞫：穷困。

[11] 旨蓄：美味的蓄菜。旨：美好。蓄：指蓄菜，即干菜、咸菜之类。

[12] 有洸有溃：《毛传》：“洸洸，武也。溃溃，怒也。”诒：通“贻”。

品读

选择这首诗时让我想起了孔子，据说他老人家游走四方，在山谷里忽然发现了兰草，不免感慨自己的身世，写了首诗，我模糊记得开始就是“习习谷风”，所以读此诗时有足够的亲切感。很多人已经通晓这首诗是怨妇诗，但很少人知道怨妇和怀才不遇、被迫流窜江湖的贤臣有异曲同工之处，两种人看似相隔十万八千里，但在情绪的发泄上，我看是一致的，都是被利用后无情抛弃，所以，这首诗也可以看作是贤臣诗。

其实这样做一定是有道理的，因为文人自古以来都是借景抒怀，顾左右而言他的时候往往中心主题更加突出，这都是需要读者意会的。中国人说话不像美国人那么粗鲁直率，我们文明发展得比较细腻，在表达上往往更加含蓄。这首诗的作者我怀疑不是怨妇，而是贤臣，他一定如屈原一样为了国家费尽了心思和精力，却被国君赶出了朝廷，本于臣子的本分和人身安全的考虑，他以怨妇代替自己，以丈夫代替国君，写了这样的诗，也是符合情理，符合逻辑的。屈原在《离骚》里也把自己比喻成美丽的女人，在众多宫女的谗言之下，失去了国君的宠爱。这种写法在古代是合适的，因为我们有三种伦理关系，其实在本质上是一样的：君臣，父子，夫妻。所以，以夫妻关系喻君臣关系，没有什么不妥。至于非得强调这就是一首怨妇诗，也没关系，但那样仅能止于情感，而无法透彻人生，乃至把握对国家、对社会都有益的学问，就有些可惜了。

就此诗来看，作者的经历也没有什么特别之处。一个女人埋怨自己的丈夫，从来都不过是喜新厌旧、忘恩负义这类词。当初他是那么爱自己，自己也愿意肝脑涂地，为了这个家辛苦劳作，养儿敬老，现在家境好了，他就喜欢上其他女人了。即使在古代，一个人可以娶妻纳妾，女人的心理不平衡也是显而易见的，所以最后祝他永远痛苦吧。爱之深，恨之切，絮絮叨叨，不过是为了表达自己的不快，反而失去了最初“黾勉同心，不宜有怒”的根本。两个人在一起，你觉得他足够爱你了，你更十分爱他，然后就有了他就是我一个人的想法，想据为己有，这怎么可能呢？

爱他就接受他的缺点，这比爱他的优点还要重要，否则你爱的其实只是你自己，他终归要回复自己男人的本分，那个时候痛苦的只能是自己。

宽容需要的不仅仅是语言，更重要的是行动本身。因为，如果我们把家看成一个整体，那么他爱上其他的女人，天也不会因此塌陷，你做的只是自己的本分，努力保护这个家的完整，像老母鸡一样捍卫这个家的利益。如此一来，则他难道不会选择吗？难道真的会长期迷恋那些能让家庭破裂的因素吗？真如此，其实也没有什么办法，但从个人来说，你已经做了你能做的事情，所以发生什么事情，都可以无怨无悔了。

那么为什么屈原会投江呢？为什么我们会如此尊重这个人呢？有的人说我赞许屈原的精神，却不赞同他的做法，这貌似客观的看法其实是懦弱的，是一种站着说话不腰疼的见地。我是屈原，也不得不如此，他不死就不成为屈原，因为他是屈原才不得不死。人生有的时候很无奈，只能选择生或者死，而能坦然面对生死，超越于物质世界之上的人，都是非常了不起的。

所以，无论是怨妇还是贤臣，我都希望读了此诗之后，多想想当初，“德音莫违，及尔同死。”他爽约是他的事，而我如能坚持如一，不一样也是屈原吗？

载驰

载驰载驱，归唁卫侯。驱马悠悠，言至于漕[1]。
大夫跋涉，我心则忧。既不我嘉，不能旋反。
视尔不臧，我思不远。既不我嘉，不能旋济[2]？
视尔不臧，我思不閟。陟彼阿丘，言采其蝱[3]。
女子善怀，亦各有行。许人尤之，众稚且狂[4]。
我行其野，芃芃其麦。控于大邦，谁因谁极[5]？
大夫君子，无我有尤。百尔所思，不如我所之。

注释

[1] 载：语气词，没有实义。驰、驱：车马奔跑。唁（yàn）：哀吊失国。漕：卫国的邑名。

[2] 臧：认可其善举也。济：止，停止，阻止。

[3] 閟（bì）：谨慎。阿丘：一边倾斜的山丘。

[4] 狂：愚妄。

[5] 芃芃（péng）：草木茂盛的样子。因：亲近，依靠。极：至，到。

品读

相对于其他首诗歌，这首诗的作者是比较确定的，基本都肯定是许穆夫人的作品。所以有必要介绍下许穆夫人。当初许穆夫人还待字闺中的时候，她就明白无误地告诉自己的父亲卫侯，虽然她没有资格去选择自己的幸福，但可以选择牺牲自己的幸福为国家谋幸福，所以她希望能把自己嫁到一个大国，这样将来国家有难的时候，她或许可以帮上忙。很可惜，她的父王并没有听从她的建议，而是贪图丰厚的聘礼，把她嫁给了一个小国的国君，许国的穆公。许国弱小且不去谈，更要命的是离着卫国太远，自古以来，远水救不了近火，所以，至少从表面看，许穆夫人的悲剧是注定的。

卫国果然出现了灾难，狄人宛如寒风，扫荡了卫国的城池。消息传到许国，许穆夫人没有办法平静。许侯懦弱，不肯援之以手，求之无用。于是许穆夫人驾车回国。她为了父母之邦，抛弃了夫君，抛弃了家庭，抛弃了作为国君夫人的责任。这都是许国大夫批评她的地方，貌似振振有词，实则作为丈夫的许君难道就做对了吗？许君不能帮助自己的妻子邦国，不肯拔一毛而利天下，自私地控制女人，让她们放弃对于父母邦国的感情，坐看卫国的失败，显然他们就更加错误了。所以。许夫人可以理直气壮地驳斥那些追赶而来的许国大夫。

写到这里，我想起《聊斋志异》中的仇大娘。她一样是嫁出的女儿，在家庭受到伤害的时候，义无反顾地回来主持家务，历经波折终于实现了家境的兴旺，但我一直觉得她丈夫在这篇文字里没有出现，是一个非常遗憾的地方。自古以来，都觉得古人说的是嫁鸡随鸡，女儿是泼出去的水，应该完全附属于夫家。这是不开明的教育给我们头脑中预设的固式思维，其实有可据的资料表明，即使是宋朝的时候，女儿即使嫁出去了，还有享受父亲三分之一遗产的法律规定，东京甚至还有女子相扑，裸露上身相博，皇帝庶民在一起观看。司马光曾经就此事特别上书，以为败坏风气，他当然是对的，但这也至少说明，逮至宋朝，女人的地位似乎也没有传说中的那么低。所以，学习传统，还是要靠自己去体会和不断学习，不能偏听偏信，为人所误导。

许穆夫人伟大就在这里，她并没有被许国君臣的“拖”字诀说词所迷惑，更没有被他们指责自己的想法幼稚而吓倒，坚持自己的看法，说：“百尔所思，不如我所之。”你们想那么多办法，不如我真正去实践我的想法。这话说得非常有说服力。对于那些善于空谈的人来说，是当头一棒。完全可以被借用在任何场合，比如我记得《左传》里有引用这首诗，似乎是晋国要求齐国出兵攻打楚国的时候，晋国使者就演奏了这首诗，表明了迫切希望齐国出兵的意愿。可见，《诗经》在古代往往是被用于外交场所的辞令，既表达了自己的真实想法，也显得十分文雅，可谓彬彬有礼。所以我们读诗，不能满足于读其本意，更要明其会意，了然于心，然后能会心一笑。

葛生

葛生蒙楚，蔹蔓于野。予美亡此。谁与独处[1]！
葛生蒙棘，蔹蔓于域。予美亡此。谁与独息[2]！
角枕粲兮，锦衾烂兮。予美亡此。谁与独旦！
夏之日，冬之夜。百岁之后，归于其居！
冬之夜，夏之日。百岁之后，归于其室！

注释

[1] 蔹（liǎn）：草名，蔓生草也。予：我。

[2] 域：坟墓丘墟之地。

品读

给孩子讲《一个鸡蛋的故事》，主人公说自己没有钱，没有车，没有房，没有像样的工作，如何才能给所爱的蛋蛋一个美好的未来呢？这个认识其实是当前社会的普遍认识，婚姻中最重要的不再是忠诚，而是金钱。似乎是某相亲节目中，也喜欢夸大女生的拜金特性，这是媒体的误导，也是整个社会的堕落，因为没有观众就没有节目，靠收视率为生的电视节目和靠信仰写书的人不一样，他们所做的一切都是为人的，随着市场波动而波动，而写书的人一旦进入了状态，那么“学不为人”，所有的过程不过是为了自己能得到遍及宇宙的真理。“义利”之间的斗争从来没有停息过，悼亡诗也是如此。

历代写悼亡诗的人很多，比如潘岳、元慎、苏东坡等等，夫妻之间相濡以沫，在一个屋檐下生活的时间长过任何人，感情真挚不可避免，为此写文字抒怀，自然感人，但在境界上还是差那么一点点。这一点点差别就在于忠诚。很多人会说忠诚是婚姻中最要紧的东西，但却不明白它不是源自于自私的设置，而是一种责任感和实践力。过于纠缠于物质，说“贫贱夫妻百事哀”等等，都显得局限于自己的思念情怀而境界不高，写的东西再唯美其实都是虚伪的，反而不如苏东坡的“千里孤坟，无处话凄凉。纵使相逢应不识，尘满面，鬓如霜”说得让人荡气回肠，感慨万分。通过自责没有做到丈夫的责任，苏东坡究竟有些惭愧，但他说归说，做归做，不仅仅又连续娶妻，更有朝云这样的侍妾等等。而这首诗的作者却表达了一个最完整状态下的忠诚，不仅仅时刻惦记着那个独自在野地里的人，更说：“你在那里，一个人孤苦伶仃，荒郊野外，只有孤魂野鬼相伴。但你不需要担心，且安心独处，因为我单独在这，如同你独自在那，而且，百年之后，我们会在一起。”诗人没有执着感情，也没有执着物质，仅仅是如同生活一样的平实，却体现了最深沉的爱意，读者才能体会其实他想说的是他们从来没有分开，一直在一起的含义。

孔子说“祭神如神在。”给爷爷奶奶上坟的时候，母亲总是像在他们跟前一样，絮絮叨叨说着家里的一些琐事，就是类似这样的感情。此诗的作者就没有当自己的妻子去世，而是短暂的分别，所以说的话非常平实自然，却因此而更加深切和亲密。

事实上，有一种感情是可以跨越了所谓的责任和婚姻，成为情感上的契约，它就是一种非常平实的依赖。既不是因为爱你，也不因为不爱你，你就在我心里，永远也不会被分开。这种感情基于忠诚的信赖，是一种随时随地都在一起的存在。所以，我一直不怎么相信爱情，更认为那些所谓的生离死别语不过是那些虚妄的人不忠诚的借口而已。

而一旦我们能把这种忠诚之情扩大至家庭，国家和民族，乃至文化传统，它就会转化为无比坚韧的动力，使我们可以无视这个世界的一切困难，坚定地去学习它，贯彻它，发扬它。曾经有人问我为什么这么执着于传统，当时微笑不语，现在想想，如果能当场说：“予美亡此”，该是如何的有境界啊！

黍离

彼黍离离，彼稷之苗[1]。
行迈靡靡，中心摇摇。
知我者，谓我心忧；不知我者，谓我何求[2]。
悠悠苍天，此何人哉[3]？
彼黍离离，彼稷之穗。
行迈靡靡，中心如醉。
知我者，谓我心忧；不知我者，谓我何求。
悠悠苍天，此何人哉？
彼黍离离，彼稷之实。
行迈靡靡，中心如噎。
知我者，谓我心忧；不知我者，谓我何求。
悠悠苍天，此何人哉？

注释

[1] 黍：（shù），黄小米。稷：高粱。离离：繁茂貌。

[2] 谓：说。

[3] 悠悠：遥遥，形容天之无际。

品读

有人纠结这个黍是不是实有，有人说这只是一种写作，何必当真。要我说，这首诗的字眼在“彼”。这个“彼”是实指，当然更是虚指。实指自然可以理解为西周王室的旧时宫苑，虚指则指示着整个西周王朝的过去，乃至于跨越时空之后代表的一切旧时物件等等，更可以非实非虚，指示一切心相之外的事物。所以，无论黍是实有还是虚指，都没关系，因为诗歌的重点在于因彼生我，一如入庙拜佛，拜的是木像泥像石像，都不重要，重要的是我拜它实则是拜自己，消除自己的种种习气。因此，这首诗的作者也不过是借着黍本身来抒发自己的情感，实写很好，虚写也不碍事，去争论这个问题，读诗者已经迷失了自己的方向。

诗人路过旧时的宫殿，看到已经成了农田，种植的黍麦长势喜人。如果是我，因为做过农民，肯定会高兴，诗人却充满了哀伤，乃至于伤感叹息。他认为农民自然不懂他的伤感，说了也会嗤之以鼻。所以他只能说：“悠悠苍天，彼何人哉！”其实，从农民的角度看，君子怀才不遇，或者志向被误解，如屈原之于渔父，都可以发这样的感慨，但无论是谁，看着庄稼长这么好，首先都应该高兴，结果他却一直叹气，有些自我贬低的感觉，不理解他也是正常的。张养浩说：“兴，百姓苦，亡，百姓苦。”从老百姓的角度看，戏台上的人换来换去，都不如地里的禾苗实实在在，春种秋收，是一个可以期待的过程。所以，王室的宫殿成了麦田，至少比没地种好。对于老百姓来说，粮食才是最重要的。不同阶级的人想的不一样，所以这首诗给我的感觉也没有历代文人对其的推崇那么高。

当然了，如果从气节上论，这种忧思和哀伤是可以理解，甚至应该推崇的。对于故土的眷恋是我们文化所以能坚持的根本，没有这样的乡愁，我们就没有办法聚集民族文化的精英，一任他们漂泊四海，则不仅会失去重新发展的机会，也会影响到文化自身的健康。因此，我们当然要大力推崇，但也要注意到一个问题，就是我们是否能真正认识文化精英，能否真正尊重他们。这才是这首诗的作者所迷惑的。有人说整个东周就这个作者对西周怀有深切的感情，这是妄语，诗人是一部分文化精英的代表，肯定不是孤独的。所以，说只有他一个人怀念旧国故土我觉得是不合适的，但他的诗歌却给人一个界定文化精英的标准。

一是要有对文化传统的依恋感，二是有踯躅行走的勇气和毅力，三是有“人不知而不愠”的胸怀。这样的才算是文化精英，至于那些身在高位或者地位，上窜下跳借文化传统哗众取宠的人，不过是跳梁小丑罢了。他们才应该是我们要向苍天发问的：“悠悠苍天，彼何人哉。”

君子于役

君子于役，不知其期，曷其至哉[1]？
鸡栖于埘，日之夕矣，羊牛下来[2]。
君子于役，如之何勿思[3]！
君子于役，不日不月，曷其有佸[4]？
鸡栖于桀，日之夕矣，羊牛下括[5]。
君子于役，苟无饥渴[6]！

注释

[1] 于：往。役：服劳役。于役，到外面服役。期：指服役的期限。曷（hé）：何时。至：归家。

[2] 埘（shí）：鸡舍。墙壁上挖洞做成。

[3] 如之何勿思：如何不思。如之：犹说“对此”。

[4] 不日不月：没法用日月来计算时间。佸（huó）：来到。

[5] 桀：鸡栖木。一说指用木头搭成的鸡窝。括：来到。音、义同“佸”。

[6] 苟：诚，犹如实。

品读

去过黄土高原的人，很容易在情境上理解这首诗的本意。漫漫黄土，错落的窑洞和牲口圈等等，都是这首诗所描述的具体语境，尤其是“鸡栖于埘”这个场景，我去山西一个古村落时，就亲眼看见了。当时大感动，一方水土养一方人，如果没有理解土地对于农民的意义，想理解诗歌所言的精神，多少是比较困难的。

男人出门打工，无论是公差还是私活，总是把家都托付给了女人。虽然说留守儿童十分可怜，但是不留守又有什么办法？上学上不了，也没有足够的资金支持他们上好学校，不如在家，与大自然在一起，没有雾霾，至少能保证身体健康。同样，女人在家，一样操劳，田里的活得有人做，男人干的活女人也得去做，还要照顾老人和孩子，牲口圈里的牛羊等等。还有，她能抑制住对男人的思念吗？但所有的思念不过是一句喃喃私语：“苟无饥渴。”

然而我相信这首诗的作者在创作这首诗歌的时候，并没有什么抱怨自身遇到的不公，也没有试图去反抗那些不合理的条文，他们所做的只是一种非常朴实的生活态度：既来之，则安之。纵使知道各种盖章实在是无厘头，人生来平等在这些权贵那里其实是屁话，他们可以用它来蛊惑民众，却绝对不会真正落实。纵使英勇盖世的关公，刮骨疗毒的事也需要华佗来做，不仅仅涉及专业分工的问题，更有一个专业态度的问题。所以，有人说“古人文字不可及处在一真字”是这首诗的正确描述，我说错，应该是朴实。真只是一个状态，朴实还包括着生活的态度。如果是“真”，必然会对先生出门在外，遇到那么多不公愤怒，必然有所反抗等等，而他们没有，他们就是坦然接受，生或者死，在黄土高原上行走的时候，你会觉得非常平实，埋于黄土，不过是自然规律，一如“鸡栖于埘，日之夕矣，羊牛下来”，是生活的一部分而已。

这首诗写得好，在于平实处见到性情的平静。所思所想，所作所行，所见所闻，都是日常如是。须菩提问佛，善男子善女人应该如何观看三藐三菩提法？佛说应该如是观。当年列子在村里隐居，还是高朋满座，老师就说你还心不平，不平则鸣，还不是如是生活。如是就是平实，就是坦然接受命运的公平或者不公平，泯灭一切不切实际的想法，就这样生活下去。做文人就如是写字，继承文脉，能不能出书，能不能留存于世，都不管。做农民就如是生活，北朝苍天面朝土，或者流浪他乡混口饭吃，或者在家养鸡喂羊，如斯而已。

所以，这首诗是大彻悟者的诗，作者对于自己的处境不怨天，不尤人，只是做好自己的本分就好。将这种认识扩大至国家，不过是："君子素其位而行，不愿呼其外。素富贵行乎富贵；素贫贱行乎贫贱；素夷狄行乎夷狄；素患难行乎患难。君子无入而不自得焉。"游刃有余地生活，在于接受自己的身份，做好自己的本职工作。这一点看着很容易，其实太难，你看当官的，有几个合格的？当教授的，有几个合格的？天下滔滔，读此诗可以立志明心，真是好诗。

女曰鸡鸣

女曰鸡鸣，士曰昧旦[1]。
子兴视夜，明星有烂[2]。
将翱将翔，弋凫与雁[3]。
弋言加之，与子宜之[4]。
宜言饮酒，与子偕老[5]。
琴瑟在御，莫不静好[6]。
知子之来之，杂佩以赠之[7]。
知子之顺之，杂佩以问之。
知子之好之，杂佩以报之。

注释

[1] 昧旦：天色将明未明之际。

[2] 兴：起。视夜：察看夜色。明星：启明星。

[3] 将翱将翔：指已到了破晓时分，宿鸟将出巢飞翔。弋（yì）：射，用生丝做绳，系在箭上射鸟。凫：野鸭。

[4] 言：语助词，下同。加：射中。一说“加豆”，食器。

[5] 与：犹为。宜：用适当地方法烹饪，译为烹饪。

[6] 御：用，弹奏。静好：和睦安好。

[7] 来：读为“劳”，殷勤体贴之意。

品读

这首诗实讲的是君臣之道，不过是以夫妻之间的关系来隐喻而已。相信古人中也有这样的认识，所以我不必在此多费口舌，且说说家庭和谐幸福之道。

自古而言，勤俭持家，勤就是男人要做的事情，他需要为家庭创造财富；俭就是女人要做的事情，她主内，则花钱的主要任务在她。马云所以成为首富，据他自己说主要是妇女同志的购买欲望支持的，这多少也是女人的败家天性，要有节制才好。

在这首诗里，诗人描绘的是一对夫妻在被窝里的谈话，充分体现了勤俭持家、和谐幸福的理念。按照常理来说，女人嫁给男人，从此就为了他想，所以被窝里纵然温暖，其实自己也应有多少的不愿意，不过，还是要告诉男人，鸡叫了，该出去干活了。男人的责任就是养家糊口，是家里的支柱，如果他也颓废不堪，家境自然难言美好。但是男人自然也有留恋享受的秉性，但他又不能像女人一样直接说出来，而是找了个借口：天还没亮呢，你就叫我去干活？再温存一会吧。女人说，不对，你出去看看，启明星都升起来很久了。

这里的明星有烂，结合上下文，还是解释成启明星灿烂星空，标示着新的一天开始了比较好，如果仅仅是星空灿烂，那跟天亮不亮又有什么关系呢？

不是女人不想温存，而是为了这个家他们必须做出牺牲，女人在意志方面往往比男人更坚定，一旦她觉得依赖于这个家，那么男人也不过是她实现家庭幸福的工具。当然，这也是为了男人的缘故，并不能说女人自私。男人自然也了解这点，所以他并没有坚持，而是答应出去干活了，顺便要给女人带只大雁或者水鸟回来做点心。女人非常善于把握男人的心理，就说那真是太好了，你真棒，我会把这雁垮炖好了，再倒上两杯酒，咱们也可以搞个烛光晚餐，山盟海誓一下，我希望能永远跟你在一起，你就是我的神。这并不是说女人最善于奉承自己喜欢的男人，而是因为喜欢，所以男人的一举一动都会宛如投入水中的石子，一定会有波纹，或者宛如琴瑟相和，女人一定会放在心上。虽然很多男人往往是说过就忘，但她们女人不会忘记，这大概就是为什么那么多女人指责男人负心、说谎等等的缘故吧？

女人表达了要一辈子相亲相爱的意愿，男人如果没有表示，自然有可能被家暴的，所以他必然会回应，说知道你对我好，所以我才给你买首饰，所以才把所有的财产都交给你。虽然知道败家是女人的天性，但相信你对家庭的忠诚会令你有所警惕，有所节制。所以，也不是所有的女人都会去淘宝上乱买东西，更多还是为了更便宜，更省事。虽然我看在眼里，她买了那么多乱七八糟的东西，很多竟然没有用过，就转送给别人了。理由是买回来发现不合适，或者不喜欢。

事实上我们需要了解的是，它在阐释夫妻和谐的基础，就是两个人虽然相爱，但应该对家庭都有所牺牲，为了这个家牺牲自己的一些习惯和享受，实则是为了对方在忍让和包容，只有包容了对方才能体会幸福。君臣之道不也是这样吗？大臣是什么样子，完全在于君主自己的选择。我忍不住又得批评崇祯皇帝，他说“大臣误我”，实则是不明白是他误了大臣。孟子早就说过了：“君之视臣如手足，则臣视君如腹心；君之视臣如犬马，则臣视君如国人；君之视臣如土芥，则臣视君如寇仇。”

需要特别声明的是，现在女人很专制，往往只要求男人包容她，给她挣钱，她就是享受，这是非常自私的，我看过一个微信，说希望有很多老公，一个陪着逛街，一个出去干活，一个给她捶腿等等，虽然不过一笑，但多少也反映了现在女权主义有点过了。琴瑟不能相合，谈什么幸福生活呢？不过是臆想罢了。

风雨

风雨凄凄，鸡鸣喈喈。既见君子，云胡不夷[1]？
风雨潇潇，鸡鸣嘐嘐。既见君子，云胡不瘳[2]？
风雨如晦，鸡鸣不已。既见君子，云胡不喜？

注释

[1] 喈（jiē）：鸡鸣声。

[2] 瘳（chōu）：病愈也。

品读

曾经有人对我说他已经对传统文化的复兴丧失了信心，因为这已经是一个商业为显学的时代，社会崇拜的只是那些富甲一方的人，而不是有文化有智慧的人。整个社会价值观的颠倒对于传统文化的打击是致命的。他说的是事实，当前中国文化发展的情况确实非常危急，但士穷乃见节义，天下太平向善，要我们这些儒生做什么呢？

进一步而言，固然世界的发展需要大能力者挺身而出，据太史公说每500年就有一个圣人出世，纠正我们的思想偏颇，但他们的出现也不是偶然的，更需要为他前仆后继进行战斗的人。我们不必想着自己就是那个天命于斯的人，却可以做着跟他一样的事。从最基本的地方做起，从对自己的家庭开始，做到仁义孝悌。这样的人多了，才会有圣人出生的土壤，否则即使上天有垂顾之意，我们也没有力量和能力去承担新的文化发展和完善。

现在讲《诗经》的人总害怕去深究文字里的深层意义，总是将《风雨》局限于夫妻或者情人之间的那点感情，得其小而失其大，真是令人遗憾。庄子说夏虫不可以语冰，圣人寓教于乐，不可能没有意义指归的去选择这首诗。所以，从这首诗中，我们体会的应是一种大环境恶劣的情况下，同样信念的人互相支持的幸福，而这个幸福如同一把尖利的宝剑，是可以突破那重重的黑幕的。当然，流行学派刻意嘲笑这种幸福感如同传统文化的救命稻草，但是欢喜它的全部的时候，一根稻草就是整个世界。

孔子被迫外出访学，围着鲁国绕圈，不肯远离故国的感情是可以想见的，但国家执政就是不用他。以至于孔子被人围困在陈国、蔡国之间的山谷中，七天七夜都没饭吃。最值得信赖的子路和子贡都对夫子之道产生了怀疑，还有比这让夫子更伤心的吗？风雨如晦，当时文化的发展和传承真的是黑云重重，一旦孔子也选择放弃，或许我们就会与先代的优秀文化擦肩而过。还好，还有颜回，他甚至是笑着跟夫子说，夫子之道是无可置疑的，世人不能理解是世人的损失，我们所能做的，只要坚持自己的道德修养就好。夫子开颜而笑，说，颜氏子，你如果富裕了，我给你当会计。读了这故事之后，再读读这首诗，就能理解夫子为什么在颜回死了以后，痛哭，说“天丧予”了。这世界黑暗冰冷如斯，那个唯一能温暖自己的人却早我而去，难道不值得伤感痛心吗？事实上，他最贴心的三个弟子中，颜回、子路都死在他前面，一个穷死，一个惨死。作为70多岁的老人，这是多大的打击啊。在死前七天，他看到子贡来，不仅悲伤地说，子贡，你怎么来得这么晚，我昨天做了一个梦啊！连做了个梦都没有办法跟其他人说，只能等那个人说，这不就是这首诗感慨的吗？

当然，于夫子来说这种伤感或许只是“未见君子，忧心如醉”，而此诗的作者臆想的却是“既见君子，云胡不喜”？喜从何来？“士穷然后文工”，一样，欢喜从那深埋于心底里的哀伤而来，伤感越大，欢喜越多。乃至普天之下，反对我的人“鸡鸣不已”，能理解我的就你一个人，而你竟在我身边了，这不是大欢喜吗？

因此，概言之，这首诗讲的不过是“德不孤，必有邻”信念罢了。

绸缪

绸缪束薪，三星在天。今夕何夕，见此良人[1]？
子兮子兮，如此良人何！
绸缪束刍，三星在隅。今夕何夕，见此邂逅？
子兮子兮，如此邂逅何！
绸缪束楚，三星在户。今夕何夕，见此粲者[2]？
子兮子兮，如此粲者何！

注释

[1] 绸缪（móu）：缠绵。

[2] 粲：美。

品读

《聊斋志异》中有篇关于凤仙的故事，写书生因为际遇得以与狐仙凤姐快活的时候，凤仙嫌他身上凉，就说："今夕何夕，遇此凉人。"书生对曰："子兮子兮，如此凉人何？"当时就印象深刻，等到读了原文，更是一笑。蒲老师太有意思了，这样引用《诗经》可以说非常经典，可以与《世说新语》中那两位小姑娘的故事媲美。当初汉代大儒郑玄家里人人读书，丫鬟也不例外。有个丫鬟犯了错被罚跪在庭中，另外一个路过的小丫头就问："胡为乎泥中？"她回答说："薄言往愬，逢彼之怒。"前者源自《式微》，后者源自《柏舟》，活学活用，才能体会读书的妙处，才会觉得读书是世界上最开心的事情。孔子说的："学而时习之，不亦乐乎？"说的就是这个概念了。

因此，诗人写这首诗，固然是在描写两人相悦的快乐，其潜意识的引申却是在说，你总会在这一生遇到那个让自己心动的人，所以不用花心思去寻找，且耐心地等待，因为你的问题不是能不能遇到她，而是一旦遇到了她，你该怎么办？或者是，你能怎么办？毕竟等待的时光或许寂寞而且漫长，你也许因此会爱上别的人，或者被别的人所爱，既然已经走在了一起，那么遇到那个心动的人的时候，你还能做什么？所以，不能怪他对你没有感情，也不要怪命运的无厘头安排，其实一切只是源于你没有耐心去等待而已。

扩大到生活层面何尝不是如此。人生再长，也不过百年，匆匆忙忙地奔跑不如悠闲地路过，急切地寻找成功的界定不如耐心等候秋天的落叶，所有的成功或者失败，都不过是过眼的云烟，你看重就会失去耐心，失去耐心则你就会失去你最需要的宁静。耐心等着死到来，不悲戚，不欢喜，不过是春夏秋冬的轮回，则生有何喜，死有何哀？于是，当你真正困惑于自己的人生选择，开始羡慕秋天的美景，西山的晚霞，忽然有人说："子兮子兮，如此粲者何？"你如何回答呢？我有位同学，在政府部门工作，天天加班，忽然一日跟我们去聚餐，看见晚霞，大感慨，说自己都快忘记晚霞是什么样子了。我看着他，想起他说要给他的儿子挣500万存款时迫切坚定的神情，想，只要不是雾霾天，晚霞落日每天都在，但他有耐心去看吗？其实这话是对我们所有人说的。人生其实非常美好，人身难得，佛说宛如大海中一头瞎眼的海龟恰好把头钻进漂浮海上的大木头的一个树洞里，可是，我们有耐心去看个究竟吗？

孔子曰："我未见好德如好色者。"中庸大道，至精至妙，无时不足，无刻不在，但我们有耐心去体会它吗？不是过之，就是不足，能期月守者天下了了。现在吟诵此诗，心下怅然，说我的良人在哪里？不觉得惭愧吗？

晨风

鴥彼晨风，郁彼北林[1]。
未见君子，忧心钦钦[2]。
如何如何，忘我实多！
山有苞栎，隰有六驳[3]。
未见君子，忧心靡乐。
如何如何，忘我实多！
山有苞棣，隰有树檖[4]。
未见君子，忧心如醉。
如何如何，忘我实多！

注释

[1] 鴥(yù)：鸟疾飞的样子。晨风：鸟名，鹯(zhān)鸟，属于鹞鹰一类的猛禽。

[2] 钦钦：朱熹《诗集传》："忧而不忘之貌。"

[3] 苞：丛生的样子。栎(lì)：树名。隰(xí)：低洼湿地。六驳：木名，梓榆之属，因其树皮青白如驳而得名。

[4] 棣：唐棣，也叫郁李，果实色红。树：形容檖树直立的样子。檖(suí)：山梨树。

品读

这首诗的“如何如何，忘我实多”，应该是反语。她想说的是我一直在想你，看见你我是那么的高兴，但又不能放肆地表达，或者需要保护一下自己那一点可怜的自尊心，所以只能埋怨你已经忘记了我。

开篇讲早上的鸟都知道回到树林，实际是要说世界万物都会各得其所，为什么你就没有踪影？如果家是你的归宿，那么你应该已经在家。作为丈夫，哪有夜不归宿的道理？可是你就是夜不归宿，我怎么能没有怨言？

从这点引申看，每个人都有自己的本分，实现自己的责任并不是欲望，而是天理。超越自己的能力去接受俸禄，就是人欲。“存天理，灭人欲”的本质是各司其职，切莫越级行事，更不要不在其位，而谋其政，这是大忌。古人说，牡鸡司晨，天下大乱。母鸡的任务是下蛋，她忽然跑去做公鸡的活，那公鸡做什么呢？我们该听谁的？所以，次序是规律本身，轻易打破一定会有灾殃。

但我又觉得仅仅把它当成怨妇诗，其实真不正确。诗人怨什么了？一个女人爱上一个男人，备受煎熬，但所有的痛苦其实回头去想，或许又觉得没有那么苦，反而是有一丝丝的甜。谁能知道想念一个人其实也是非常幸福的呢？他在，他不在，事实上在诗人来说不是最重要的，最重要的是我想他在，他还没在，但我想他会在。这不就够了吗？

孔子说，可以群，可以怨。诗人没有理由不去埋怨，但同样是埋怨，赋予的感情不一样，读诗时接受的感觉就不一样。诗人对君子的感情很深，爱而不见，所以才有所怨，这也是建立在次序井然的基础上，她没有超越红线的想法，虽然她也担心君子其实并不喜欢她，或者对她毫无感情，那么这一切的等待是不是就白费了呢？

问题是这里我们没有人知道君子是什么样的想法，但我却可以负责地说，君子肯定不会放弃自己的责任。这点诗人想必也很清楚，否则就不会说“如何如何，忘我实多”这样判断语。她明白君子，但却这样诬陷君子，是为什么呢?

我记得有句诗是“我爱你，所以才伤害你”。年轻的时候我不明白这里面的奥秘，现在其实也不太明白，不过多少模糊地知道，女人往往就是这样，明明很喜欢你，却指着大门说你走，你真走了，世界就塌了。

这大概就是诗人为什么要女性的口吻来写这首诗歌吧?礼仪次序看似冬烘，实则是我们所有人类都没有办法逃离的。正视它，接受它，才能忘记它，享受它。这才是圣人所以选这首诗的根本原因啊。

竹竿

籊籊竹竿，以钓于淇。岂不尔思？远莫致之[1]。
泉源在左，淇水在右。女子有行，远兄弟父母。
淇水在右，泉源在左。巧笑之瑳，佩玉之傩[2]。
淇水滺滺，桧楫松舟。驾言出游，以写我忧。

注释

[1] 籊籊（dí dí）：长而锐也。

[2] 傩（nuó）：柔顺多姿。瑳（cuō）：巧笑貌。

品读

“岂不尔思，远莫致之。”实则还是思念得不够深切，或者是不能深切，因为一旦深切，那么就有可能突破礼仪的束缚，那样既伤害了自己，也伤害了所爱的人。从一个出嫁的女人来说，任凭感情的泛滥，伤害的就只能是父母兄弟，令整个家族蒙羞。所以，她希望自由，却无法自由，希望快乐，更无法快乐。所做的只能是思念，只能是“驾言出游，以写我忧”。

对于此诗，朱喜解曰：“卫女嫁于诸侯，思归宁而不可得，故作此诗，言思以竹竿钓于淇水，而远不可致也。”据说这首诗的作者还是许穆夫人，这个没有确切的考据，暂且存疑，但读之再三，确实也符合她的境遇。一个人离开故国，远嫁他乡，如果耽于物质的享受，未尝不会如嫁给晋侯的女人忘记原来的悲伤，但如果有更多的精神追求，那么故乡就是父母，对于父母的依恋，难道会因为时间和地点的变化而有所减弱吗?

还有人将这首诗解释成男子失恋的诗，太俗。还有人解释成女子远嫁，思念故乡的诗，我觉得还不足以阐释精微之处，它实则是一首思念父母的诗。因为所有快乐的时光都因为无拘无束地生活，在故乡因为有父母的呵护，我们不需要去考虑太多的事情，只需要饿了吃饭，困了睡觉，一切都无忧无虑。很多人都羡慕儿童的幸福，说他们不需要想太多事情，却不知道儿童的幸福完全来自父母的疼爱，你即使得到了自闭症，也只有母亲陪着你去看医生，甚至为了维护你幼小的心灵的尊严，还会欺骗你，只是说去看一个老师。这就是母爱吧，母爱就是春风，就是舒适的风景，让我们能在里面悠哉游哉，乐而忘返。

一旦步入了社会，繁杂的事情一一都需要我们自己去面对，即使能有所抵抗，但心里对美好生活的向往自然会油然而生，宛如我们很多人都会在烦躁不堪的时候想念大学时代的单纯，简单地读书，快乐地生活。所以，这首诗的作者离开了家乡，嫁给了他人，既不能抛弃作为妻子的责任，也禁不住思念作为女儿时候的快乐。想念快乐幸福的时候，往往就是生活在父母庇护之下的我，这种哀伤因而泛滥为思念父母，但女儿已嫁，就是别人家的媳妇了，纵使思念，也不能常见，只能是止不住的思念。

这才是这首诗创作的动机和源泉吧。

园有桃

园有桃，其实之殽。
心之忧矣，我歌且谣。
不知我者，谓我士也骄。
彼人是哉，子曰何其[1]？
心之忧矣，其谁知之？
其谁知之，盖亦勿思！
园有棘，其实之食[2]。
心之忧矣，聊以行国。
不知我者，谓我士也罔极。
彼人是哉，子曰何其？
心之忧矣，其谁知之？
其谁知之，盖亦勿思！

注释

[1] 彼人：所讽刺之人，与上句中的“我士”相对。“我士”，即诗人自谓。

[2] 棘：枣树。

品读

前几天在家里看书，老婆忽然说：“你知道深圳那个读经村失败了吗？我是坚定地反对读经派！我支持日有所诵。”你当然可以支持你的日有所诵，却没有必要否定我的读经思想。在深圳那个没有文化、急功近利的地方，搞什么读经试验，失败是可以预期的，甚至遍及中国的诸多读经班，让小孩子行云流水般地背诵古代经典，我也觉得有很多问题，但这可能跟他们的发心有关，读经的方式更是不对，跟读经本身并没有多大的关系。何况日有所诵中也有经典的诵读呢？因此，我对她说：“你还需要多学习。”事实上，不仅仅需要学习，更需要有耐心，学习变得更有耐心。

我可以慢慢等着你变老，然后在一起看夕阳，慢慢看着孩子长大，然后可以去旅行，慢慢去体会生活的滋味，苦或者甜，然后可以一起灰飞烟灭。这个过程漫长而且曲折，随时我们都有可能选择放弃，然后指责这条道路是错误的，实则是因为我们失去了走下去的勇气和耐心。人生不是为了达到终点，而是在过程中体会永恒。永恒是什么？是袅袅青烟在空间消散时候的叹息，明明就是有，我也确实告诉了你，你却根本听不见。

园子里的桃已经熟了，我却没有收获的喜悦，反而忧心忡忡，且歌且谣，不知道我的人以为我是在矫情，他们不能理解，有了这么好的桃，我还有什么想不开的？国家经济实力上升，国民自信心恢复都是好事，但是好大喜功，如同当初我们抛弃传统的时候脏水连孩子一起抛掉一样，我们现在回收的时候却试图把脏水收回来，忘记了孩子，这不值得担忧吗？过冬的苹果和秋天的苹果有什么区别，你桃是自家的桃，如何处理也只能是自家的事，所以不用在意别人怎么做怎么说，自己想怎么做就开始做吧，能做一点就是一点。对于传统文化的复兴努力，每一个有文化信仰的人难道不应该也是这样的态度吗？别人读经不读经，别人吟诵不吟诵，其实管我们什么事？我们只要安心于做自己的事情就好。不着急，慢慢来，人生就这样度过，也没什么不好。

陟岵

陟彼岵兮，瞻望父兮[1]。
父曰：嗟！予子行役，夙夜无已。
上慎旃哉，犹来无止[2]！
陟彼屺兮，瞻望母兮[3]。
母曰：嗟！予季行役，夙夜无寐。
上慎旃哉，犹来无弃！
陟彼冈兮，瞻望兄兮。
兄曰：嗟！予弟行役，夙夜必偕。
上慎旃哉，犹来无死！

注释

[1] 陟（zhì）：登。岵（hù）：有草木的山。

[2] 上：通“尚”，希望。旃（zhān）：之焉，作语气助词。

[3] 屺（qǐ）：无草木的山。

品读

此诗可以与《卷耳》同读。在外征战的人思念家乡，这个人只想到了父母兄弟，这不是因为他对妻子寡情，而是他大概没有成亲吧？我是这么想的，一个人固然可以爱自己的父母兄弟，但对于妻子也应该有相应的感情。否则只论及父母兄弟，就显得诗人对家庭缺乏足够的认知，这显然不是采风者所认可的。因此，可以断定，这首诗的作者出征的时候，还没有成亲，这是最合理的解释了。《卷耳》的作者显然地位要比这位诗人高很多，因此成亲也是很自然的。富贵的人参军往往不会担心生命安全，而是打发寂寞空虚的情绪，比如霍去病当年帅军北击匈奴，军士劳苦，他自己依然锦衣玉食，相当腐败。这就是地位不一样，感慨的角度和思念的对象也不一样。

一个普通的士兵，风餐露宿，他的生命随时都可以消逝。漠漠黄沙，埋了多少无名将士的骸骨？除了家中的父母兄弟，大概也没有什么人会在意吧？

我们的文化传统就建立在对家庭的归属感之上，精神世界中的支柱就是父母兄弟的亲情，在最绝望的时候，如果说还能有一丝坚持，那就是父母兄弟的殷切期盼吧？前一段有个新闻，安徽某地鼓励人们生的孩子随母姓，一个孩子奖励1000元钱，其出发点竟然是要“慢慢淡化父姓意识，淡化传宗接代意识，推进性别平等”。真是令人发指啊。希拉里嫁给克林顿，都随夫姓，在中国竟然有人连孩子的姓氏都改成随母姓，这是何等令人费解的事情啊。斯文何在？如果诗人生活在这个时代，他会不会思维混乱，写诗的时候把谁放在第一位去写呢？

当然，世界上没有假设，诗人生活在一个秩序感比较强的时代，他比较幸福，不需要考虑这种无聊至极的事情，按照父亲、母亲、兄弟的次序逐一进行了描写。

父亲是家里的支柱，父爱如山，所以先想到父亲，并不奇怪。他想象中的父亲会是什么样子呢？父亲会说，我的儿子，服役在外，工作非常辛苦，昼夜不息，一定要注意安全，能回来就早回来。父亲考虑的是孩子的工作状态和岗位职责，这是合乎“天行健，君子以自强不息”的文化精神的。

母亲是最温柔的港湾，母爱如海，所以再想到母亲，十分自然。母亲关心的事情与父亲的角度略有不同，她更多的关心来自于小儿子的身体，服役在外，如此辛苦，晚上不知道能不能睡好觉，休息好。能回来就回来，千万要记得回家。

兄弟如臂膀，互为倚靠，更多想到的是兄弟的安全，知道在外征战，生死悬于一线，而一旦兄弟出现了意外，最伤心的自然是自己的父母，所以为了父母的幸福，他希望自己的兄弟能安全回来，千万别死。

古代的诗歌仔细品读，有时候真是感慨万千，宽舒处密不透风，细致处天马行空。一个字即可以将不同人的身份和其所特有的情绪表达出来，真是好。这首诗用九个字的变化，表达了相同又不相同的情感。父亲不考虑孩子的大小，只考虑他是否能尽职尽责，母亲感情更加细腻，对于小儿子更加疼爱，关心他的身体。父母所以没有讨论生死，是因为他们根本就回避这个问题，不愿意讨论这个问题，自己的孩子是不会死的，这应该是他们想当然的事实。而兄弟就显得客观一些，知道自己的父母没有说出的话，更加了解他们的殷切期盼，所以就说：弟弟一定要安全回来！诗人以这样的笔触，细腻地写了一封感情真挚的家书。是安慰自己，也是安慰远在家乡的父母兄弟！

书曰：一家仁，一国兴仁。信乎斯言哉！

东山

我徂东山，慆慆不归。我来自东，零雨其濛[1]。
我东曰归，我心西悲。制彼裳衣，勿士行枚[2]。
蜎蜎者蠋，烝在桑野。敦彼独宿，亦在车下[3]。
我徂东山，慆慆不归。我来自东，零雨其濛。
果蠃之实，亦施于宇。伊威在室，蟏蛸在户[4]。
町畽鹿场，熠耀宵行。不可畏也，伊可怀也[5]。
我徂东山，慆慆不归。我来自东，零雨其濛。
鹳鸣于垤，妇叹于室。洒扫穹窒，我征聿至[6]。
有敦瓜苦，烝在栗薪。自我不见，于今三年[7]。
我徂东山，慆慆不归。我来自东，零雨其濛。
仓庚于飞，熠耀其羽。之子于归，皇驳其马[8]。
亲结其缡，九十其仪。其新孔嘉，其旧如之何[9]？

注释

[1] 东山：在今山东境内，周公伐奄驻军之地。慆（tāo）：久。

[2] 士：通“事”。行枚：行军时衔在口中以保证不出声的竹棍。

[3] 蜎（yuān）蜎：幼虫蜷曲的样子。蠋（zhú）：一种野蚕。烝：久。敦：团状。

[4] 果蠃（luǒ）：葫芦科植物。蠃，裸的异体字。施（yì）：蔓延。伊威：一种小虫，生息于阴湿之处。蟏蛸（xiāo shāo）：一

种蜘蛛。

[5] 町畽（tuǎn）：鹿迹所在处。

[6] 垤（dié）：小土丘。聿：语气助词，有将要的意思。

[7] 瓜苦：一种葫芦。古俗在婚礼上剖匏瓜成两张瓢，夫妇各执一瓢盛酒漱口。栗薪：犹言蓼薪，束薪。

[8] 皇驳：马毛淡黄的叫皇，淡红的叫驳。

[9] 结缡：将佩巾结在带子上，古代婚仪。九十：九种、十种的礼仪，言其多。

品读

有人说这是诗三百中最好的诗。每个人的读诗感觉不一样，所以会有不同的判断，这是非常自然的。但这首诗确实很好，有一种自我圆满的苍凉感，是诸多君子贤达期待达到的境界。这种苍凉感来自于奉献的满足。能力越大，责任越大，做出的牺牲虽然令人感伤，但毕竟忠孝自古难以两全，只能选择其一，尽力为之，然后又能忠即孝，孝即忠。

要做到这一点，关键之处在于祛除私念。这首诗的好处就在于无私念，看似着眼于自己的一事一物，实则都建立在为公奉献、丝毫不悔的基础上。无私的人大家都喜欢，因此很多人喜欢这首诗也不奇怪。据说这是首诗是为了赞美周公的，或者至少是跟随周公去平叛的战士所写的诗歌，那么诗歌描述的境界自然是周公的境界，也就是我们历代文化人一直所追求的精神状态，或者可以说是一种人生认识。

正是因为无私，所以才能在成功平叛之后，大家收拾行李回家，没有过多的胜利欢喜，却是更多的伤感。没有打败敌人的快感，反而是对亲人的日益思念。战争是残酷的，结束之后，生活还需要继续。战争不是我们所需要的，我们可以承担，但是之后，我们不做征服者，我们需要的是回家。

我们来自东山，自然要回到东方去。那是生于斯、长于斯的故乡。那种亲切感是源自血液，发自内心的，是一种割不断的情怀，我们尊重这种情绪，不忘本。君子务本，本立而道生。正是因为有这样的情怀，我们才可以西征，才可以战胜敌人，才可以忍受胜利之后的落寞。

英雄都是落寞的，是因为他的成功必然要建立在诸多牺牲之上。事实上，所有的胜利荣耀都如梦幻，而真正要面对的，还是归去的生活。到底家乡的草木是不是已经荒芜？那个曾经热恋的女人还在不在，是否在家里等着我的归来？她是在打扫庭院吗？蜷伏在战车之下，拥着自己的战袍睡去，梦里家乡的风景历历在目，甚至是浮动在田里野鹤的长鸣，掠过黄莺翅膀的光影中。

我觉得本诗的一切场景设置都是基于现实的想象，也可以说是一种梦境。很多读诗的人都觉得这是实写，但我觉得也可以是虚写，毕竟所有的一切都应该是基于战士的想象，事实是否如此，并不能就这样断定。而正是他的想象表明了他对于过去充满着依赖，恰恰可以解答诗歌结尾“其新孔嘉，其旧如之何？”这个问题。人醒了，总是要针对梦境有一个困惑，提问的时候也在解答。作为战士，他当然希望过去的生活还能继续下去，但是真的可以吗？不过，只要存着无私的心态去做事，在什么时候我们都可以坦然面对人生的一切变化，新旧就没有意义，一切都存在于永恒。

能归于永恒，即曰东归。做人做事，只要能抱着“生而不有，为而不恃，功成而弗居”的无私心态，则他永远都会被人们所纪念。

伐柯

伐柯如何？匪斧不克[1]。
取妻如何？匪媒不得。
伐柯伐柯，其则不远[2]。
我觏之子，笾豆有践[3]。

注释

[1] 柯：斧柄。

[2] 则：规律。

[3] 觏（gòu）：所见所遇也。笾（biān）：竹篾器具，古代祭祀或宴会上用以装果类的竹器，形像高脚盘。豆：通“梪”，器具，与笾形相似，有木、有陶，也有青铜的材料。践：行，沿用以往的范例。

品读

书曰："伐柯伐柯，其则不远，执柯以伐柯，睨而视之，尤以为远。"大概可以代表孔子对这首诗的品读。孔子读诗，往往超越文本，直指人心，更喜欢谈因此谈一些形而上的东西，以便传递他对于个人修养、国家政治清明的个人观点。这个方法有利有弊，关键看读诗的人是否有足够的文化境界了。

庄子说："夏虫不可以语冰。"困于文本的人会嘲笑那些超越文本的人，以为这脱离了作者的本意，已经不是在解读《诗经》，而是借尸还魂。喜欢不求甚解的人也看不起拘泥文本的人，以为不过是书虫，所有的研究其实不过是瞎子摸象，并不能了解作者的本意。究竟哪一种读诗的方式好，我想还是看古人吧：读读《左传》，看到那些来往于诸侯之间的国君、使臣在不同的场合唱不同的《诗》，有时候完全脱离了原文的文本，只是一种单纯的文字借用。例如《標有梅》，被晋使用来催促鲁国赶紧出兵相助，《林有野麋》中的"无使尨也吠"被赵文子用来警惕小人。所以，对于究竟哪种方式解读《诗经》才算正确这个问题，我们是选择2000多年前与《诗经》同时代的人呢，还是2000多年后为科学主义所困于文本解读的人呢?

其实讨论这个问题涉及到规则的遵守，也关乎程序的正义。一个制度无论对或者错，一旦被普遍接受，那么只能在制度之内去反对，或者改进，这是符合社会平稳发展的需要。而且，制度规则的不合适，我们可以通过协商和改革来变动，但却也要遵循一定的规则。一如结婚，在古代就是需要通过媒人来完成，这是当时的规则，现在我们可以说它的种种不好，但实则它也有种种好。门当户对这样的概念至少在古代社会对于维持社会、家族的稳定发展有极大的好处，而且现在很多人选择婚姻，恐怕也有这方面的考量吧。

我们不喜欢传统文化的时候，把脏水和孩子一块泼掉了，现在我们又开始提倡传统文化，但能把脏水和孩子一块再捡回来吗？极端的做法叫作没有节制，这是不符合中国文化传统的。

而且，规则的设立一旦经由人心，而不是从社会现象中去索求，你会发现所谓的规则其实很简单，并没有现在所强调的繁文缛节。“其则不远”，就在自己的心里。为人臣，止于敬，为人子，止于孝，为人父，止于慈，为人妻，止于忠，为人夫，止于恕，总归不过“忠孝仁义，礼仪廉耻”八个大字而已。这样的规则都发自人心，随时都在我们身边，不过我们日用而不知，往往外求不止，结果繁文缛节之后，规则对于我们其实又太远了。当年刘邦入关，去除了秦朝的种种制度，只说：“杀人者死，伤人及盗抵罪。”开启了汉朝四百年的江山。于其实，可以说当时的百姓一定是这样认为的：“我覯之子，笾豆有践。”既然这个人这么好，就跟着他吧！

这首诗从小处说是针对个人的修养，从大处说是针对国家规则的设定，关乎社稷存亡的大事，读诗的人不能不查。

棠棣

棠棣之华，鄂不韡韡。凡今之人，莫如兄弟[1]。
死丧之威，兄弟孔怀。原隰裒矣，兄弟求矣[2]。
脊令在原，兄弟急难。每有良朋，况也永叹[3]。
兄弟阋于墙，外御其务。每有良朋，烝也无戎[4]。
丧乱既平，既安且宁。虽有兄弟，不如友生[5]？
傧尔笾豆，饮酒之饫。兄弟既具，和乐且孺[6]。
妻子好合，如鼓瑟琴。兄弟既翕，和乐且湛[7]。
宜尔室家，乐尔妻帑。是究是图，亶其然乎[8]？

注释

[1] 棠棣：亦作唐棣，即郁李，蔷薇科落叶灌木。鄂：盛貌。不：语气助词。韡（wěi）韡：光明美丽的样子。

[2] 孔怀：最为思念、关怀。孔，很，最。原隰（xí）：原野。裒（póu）：聚。

[3] 脊令：通作“鹡鸰”，一种水鸟。

[4] 阋（xì）：争吵。御：抵抗。务：通“侮”。烝：终久。戎：帮助。

[5] 友生：友人。

[6] 傧：陈列。笾（biān）豆：祭祀或燕享时用来盛食物的器具。笾用竹制，豆用木制。之：犹是。饫：满足。具：同“俱”，

聚集。孺：相亲。

[7] 好合：相亲相爱。翕（xì）：聚合。湛：深厚。

[8] 宜：和顺。帑（nú）：通“孥”，儿女。究：深思。图：考虑。亶（dǎn）：信、确实。然：如此。

品读

这首诗让我想起《读诗·杜甫》写《月夜忆舍弟》时的一个遗憾，我把人行解释成雁阵，已经强调了兄弟之情，但在“有弟皆分散，无家问死生”这句上没有再点明：在杜甫来说，父母去了，兄弟就是家，现在兄弟失散，等于家都没有了。没有家的人就是浮萍，漂到哪算哪，任人采摘，自己没有任何可以依赖或者可以寄语的慰藉。这种孤独感是任何人都不愿意面对的。在这首诗的第一段它就讲了这个认识，一个人死了，大概只有兄弟为之伤感，也只有兄弟会祭祀奠基，那是骨血里的关联啊。

我曾经问我母亲，想不想外祖母，她说：“怎么能不想，否则，为什么会对你舅舅这么好，不就是因为止不住地想她吗？”我的母亲是农村妇女，却有这样的认识，这完全是基于她对于父母的孝心在起作用。我哥哥曾经跟我说，我们兄弟和睦相处，不要学那些为了家产分割反目为仇的人，这就是对父母最大的孝。他们俩都非常清晰地认识到兄弟存在的价值和意义，可以说虽然都不爱读书，但其实已经明白大道了。

进一步分析，我们抛开其特有的语境，探讨这首诗永恒的意义。我们经常称呼朋友为兄弟，但没有把兄弟叫做朋友，两者之间隔阂的是血脉之亲，是一种宗族利益，具有排他性，并不普遍适用于朋友之间。所以，兄弟是一种弱于父母恩情，但强于其他感情之上的情怀。兄弟之间一旦有出人头地者，往往自己也会有一种非常自豪的感情，这就是荣辱与共的血脉联系，不仅仅有情感因素，也有利益纠缠。

现在教育孩子经常讲到这样一个故事：一位老先生行将仙逝，把几个孩子叫到床前，一个人一根筷子，命令他们掰断，之后两根、三根，乃至一把。等孩子们都掰不断的时候，老先生说，兄弟就如同筷子，一个人单挑，肯定容易被人折断，只有大家齐心合力，才能一起发展。相信很多人都读过这个故事，这首诗的作者肯定没有，但在意义传达上却达到了异曲同工的妙处。

有朋友看到我跟着父亲在野外游玩，说你的神情非常惶恐，跟在你父亲后面完全就是一个跟班，连女儿跌倒了都不管，平时那种狷介的神情可以说一扫而尽。因此朋友说现在知道你也有对人诚惶诚恐的时候。我不明白为什么现在人喜欢说父子之间像朋友，这种文化认识是错误，父子关系是不可以像朋友的，那样不符合礼。昨天另一位朋友说起一位从美国回到中国养老的老先生，他的儿子跟他说，他在国内的财产儿子不管了，所以他在美国的时候任何开销请自己出资，他儿子一样也不管。朋友说起来说是因为老先生的媳妇是犹太人，所以才有这样的认识。我说，这个儿子被西方同化了，是香蕉人了。不过，现在人好像喜欢香蕉人，某男被富翁父亲定义为香蕉人，但居然成了网络上诸多女性的老公，受到媒体的吹捧，这真是斯文扫地啊。这是举国崇尚利益的一个表现，在古代是不可思议的。

从幸福人生来看，固然贫贱夫妻百事哀，但富贵家庭如果纠缠于利益，一样也鸡犬不宁的，只有诗书传家的大族，才能保持“和乐且湛”的氛围，才能使兄弟胜似朋友，令朋友宛如兄弟，这样的家庭才会有欣欣向荣的可能。

何况，父母已逝的情况下，只有兄弟还在，还可以有所依赖，一旦兄弟也走了，在这个世界上，自己就真成了孤家寡人了。

伐木

伐木丁丁，鸟鸣嘤嘤，出自幽谷，迁于乔木[1]。
嘤其鸣矣，求其友声，相彼鸟矣，犹求友声。
矧伊人矣，不求友生，神之听之，终和且平[2]。
伐木许许，酾酒有芎，既有肥羜，以速诸父[3]。
宁适不来，微我弗顾，於粲洒扫，陈馈八簋[4]。
既有肥牡，以速诸舅，宁适不来，微我有咎。
伐木于阪，酾酒有衍，笾豆有践，兄弟无远。
民之失德，干糇以愆，有酒湑我，无酒酤我[5]。
坎坎鼓我，蹲蹲舞我，迨我暇矣，饮此湑矣[6]。

注释

[1] 丁丁：伐木的声音。

[2] 矧（shěn）：况且，何况。友生：知己，可以和鸣者也。神之听之：神听了，一说指应警戒和听从。终和且平：既和平又友爱。此乃诗人盟誓于天，以取信于人，可以为友。

[3] 许（hǔ）许：众人共力之声，即劳动号子。酾（shāi）：滤酒。芎（xù）：美貌。一说茱萸，用以制酒，酒有其香。羜（zhù）：五个月的小羊。

[4] 於粲（wū càn）：於，发语词；粲，明净貌，干净。簋（guǐ）：中国古代用于盛放煮熟饭食的器皿，也用作礼器，流行

于商朝至东周。衎：美貌。一说满溢。

[5]糇（hóu）：干粮。愆（qiān）：过失。湑（xǔ）：滤过的酒，引申为清。

[6]坎坎：鼓声。蹲蹲（cún）：舞貌。

品读

从这首诗开始，我们选的诗来自于小雅或大雅。雅即正，正则雅，两者有机统一，不可分割。无论从文从政，从商从工，不正则失其道。君子正道而行，所以之下的文字指向皆应归于正。那何为正呢？于此诗，诚则正。

有次看画展，有幅画的题款是“鸟鸣嘤嘤，求其友声”，我孤陋寡闻，觉得应该是从“嘤其鸣矣，求其友声”这句诗演化出来的，所以在赞赏绘画的艺术水平的时候，不免在微信上写了“嘤其鸣矣，求其友生”作为题目，有的好友就纠正我说：“鸟鸣嘤嘤，求其友声”。从题款看，她是对的，从品读上，我却是对的。

一般来说，才性超强的人都不免有“英雄欺人”的地方，苏东坡高考的时候写论文竟然会编造典故作为证据，杨慎写著作的时候更是颠倒东西，乱用经典，甚至自己编造前人说过的话，但这都不妨碍他们的文字流传千古，乃至震烁古今。所有的文字不过是指月之舟，对和错都是虚妄，回归本体的大道，本来就泯灭了一切分别之心。所以，伐木不是伐木，而是伐心，也就是朱子说的格物，王阳明说的“致良知”。所以，伐心也不在伐心，而是在修心，修心至诚，则能一心不乱，天下不过如芥子，这就是《大学》上说的“至诚如神”。

所以，画家爱怎么题就怎么题，省去了被考据派穷追猛打的烦恼。我记得很多年前在徐悲鸿纪念馆看过徐先生的画，居然有个字用的是拼音，想来他当时提笔忘字，就用了拼音，这也挺好，没觉得有什么不妥。看画主要是看神韵，看笔墨线条及明暗配合的节奏，这些地方有时候反而是裴楷颌下的三根胡须，不觉讨厌，反而更得其神。这即是“诚”的作用。

很可惜，我们人类过于自信，或者迷恋自己的利益，乃至于不能以道论友，往往因利益而纠葛，因为形势而区别，那样就会失去心理上平等的自信，也就没有了平等对话的基础。孔子说："枨也欲，焉得刚？"说的就是这个意思吧？

这首诗的诗人非常明白这个道理，他能理解人有结交朋友的需要，因为我们是群居动物，更明白一个人想成功，没有其他人的协助是不可能的。而打通人与人之间的障碍，其实没有多复杂的方式，不过是"诚"意来往而已。所以他设置酒席，也要把朋友和长辈的席位布置好，来不来无所谓，关键是我的心意到了。我并不是根据经济利益来权衡，而是根据礼节来做这件事，那么您的来与不来，都不妨碍我的诚心诚意。长此以往，您还能不被我的诚意感动吗？当年刘备之所以能将诸葛亮请出卧龙岗，不心诚可以做到吗？两个人能坦诚相待，互相信任，一个是鞠躬尽瘁，死而后已，一个是临终交代，我的孩子如果不行，你可以取而代之，真正做到了古今君臣关系的典范，不也就是源自于刘备的"诚"意吗？

从诗人的角度看，他的本意大概是展现自己的诚意，希望能打动各地的人才能积极应聘，安心工作，共同建设美好家园。但从读者的角度看，他毕竟还有个上下级和主次的关系，反而不如我们进行的演绎，把它单纯演绎成结交朋友的一个原则，"义"。义和诚是紧密联系的，没有诚于心的认识，是做不到真正的义气的。但朋友之间的义气实则是建立对等的基础上，大家是朋友，泯灭了身份上的区别，无论年龄大小，还是地位高低，都无关重要，看重的乃是你的心意诚与不诚，因为他直接导致你的义气有无。

我看新闻，说贪官家属指责煤老板就知道行贿，没有一点良心。问题是贪官在收取贿赂的时候有良心吗？他们中间的关系结构不过是建立在经济利益的基础上，哪有诚心结交的感觉，于是在此奢谈什么良心，难道不是自取其辱吗？所以，“诚”讲究的“致良知”，讲究的是培养自己的“浩然之气”，只有这样，才能有真正的义，也才能真正地接纳贤达啊！

采薇

采薇采薇，薇亦作止。曰归曰归，岁亦莫止[1]。
靡室靡家，猃狁之故。不遑启居，猃狁之故[2]。
采薇采薇，薇亦柔止。曰归曰归，心亦忧止[3]。
忧心烈烈，载饥载渴。我戍未定，靡使归聘。
采薇采薇，薇亦刚止。曰归曰归，岁亦阳止[4]。
王事靡盬，不遑启处。忧心孔疚，我行不来[5]！
彼尔维何？维常之华。彼路斯何？君子之车[6]。
戎车既驾，四牡业业。岂敢定居？一月三捷[7]。
驾彼四牡，四牡骙骙。君子所依，小人所腓[8]。
四牡翼翼，象弭鱼服。岂不日戒？猃狁孔棘[9]！
昔我往矣，杨柳依依。今我来思，雨雪霏霏[10]。
行道迟迟，载渴载饥。我心伤悲，莫知我哀！

注释

[1] 薇：野菜的一种，野豌豆，又叫大巢菜，种子、茎、叶均可食用。作：指薇菜冒出地面。莫：通“暮”，也读作“暮”。在这里指年末。

[2] 靡(mǐ)室靡家：没有正常的家庭生活。靡，无。室，与“家”义同。猃(xiǎn)狁(yǔn)：中国古代少数民族名。

[3] 柔：柔嫩。“柔”比“作”更进一步生长。指刚长出来的

薇菜柔嫩的样子。

[4] 刚：坚硬。野菜已然老了，时间也过去了很久。阳：农历十月，小阳春季节。今犹言“十月小阳春”。

[5] 盬（gǔ）：止息，了结。我行不来：意思是：我不能回家。来，回家。

[6] 常：常棣（棠棣），植物名。路：高大的战车。斯何，犹言维何。斯，语气助词，无实义。

[7] 牡（mǔ）：雄马。

[8] 骙（kuí）：雄强，威武。这里的骙骙是指马强壮的意思。腓（féi）：庇护，掩护。翼翼：整齐的样子。马训练有素。弭（mǐ）：弓的一种，其两端饰以骨角。一说弓两头的弯曲处。象弭，以象牙装饰弓端的弭。鱼服，鲨鱼鱼皮制的箭袋。

[9] 棘（jí）：急。孔棘，很紧急。

[10] 依依：形容柳丝轻柔、随风摇曳的样子。言柳者，乃言思乡之情切也。

品读

采薇这首诗是向上的，是激昂的，虽然没有表达出“犯强汉者，虽远必诛“的豪迈，但却更具有“武以攻之，文以化之”的无畏正气。所以，这首诗讲是“义”，一个国家的战士如何为他的国家而战的勇气、义气。

我们一直强调，无论经济如何发达，中国是永远不会称霸的，但是我们对于世界霸权的挑衅也是毫无畏惧的。这种自信就来自于我们对乡土的眷恋，这种眷恋的情感会产生“忠”，忠诚的人自然就有义气。美国人不了解这点，是因为他们是移民的后代，占领别人的土地、抢夺别人的财产已经成为了习惯，即使有文明、自由、民主这些思想约束，其实都改变不了他们狂妄自大、肆意妄为的特性。而只有安土重迁的民族，才能培养出遵守秩序、尊重情感认同、热爱家园的感情，那种舍小家为大家的“义”才能彻底融化在文化的血脉里。很多人因此考据说中国文化的根在乡村氏族文化，在弥漫在人们心中的宗族认同和依赖的情感中，显然是有道理的。

这首诗描写的是周朝时候抵抗外族的战士，他们为了保家卫国，不仅自备武器等，还不免于风餐露宿，但没有一个不勇于杀敌，乐观向上，虽然有诸多牺牲，比如离家千里，生死未知等等，但所做的一切不正是为了保护在故乡的父母吗？保护那个微笑着的女人吗？看到走的时候柳树在凄风寒雨中摇曳，我感慨的哪里是物是人非？哪里是征战的诸多痛苦记忆，而是一种欣慰，是一种家乡终于保全的感激，感激那些同心协力却埋骨黄沙的战友，感谢那段漫长而无助的时光与今天的归乡。日夜思念着她，站在她面前却忍不住哭泣，真的是太不容易了！对于那些说我是因为付出太多而哭泣的人，我能说什么呢？我需要说什么呢？

至于那些一定要把这首诗解释成穷兵黩武的统治下广大士兵的悲惨遭遇，或者士兵回乡的愁苦心情等等，只能说他们过于着意于凄凉沧桑的表面，器局有些太小，有些小人之心度君子之腹了。

鹤鸣

鹤鸣于九皋，声闻于野[1]。
鱼潜在渊，或在于渚。
乐彼之园，爰有树檀，其下维萚[2]。
他山之石，可以为错。
鹤鸣于九皋，声闻于天。
鱼在于渚，或潜在渊。
乐彼之园，爰有树檀，其下维榖[3]。
他山之石，可以攻玉。

注释

[1] 九皋：皋，沼泽地。九：虚数，言沼泽之多。

[2] 萚（tuò）：酸枣一类的灌木。或曰枯落的枝叶。

[3] 榖（gǔ）：树木名，即楮树，其树皮可作造纸原料。

品读

鹤鸣于九皋，声闻于野。声闻于野，然后才能闻于天。

贤者隐身在野，其心却在天下，所谓身在江湖之上，而心在魏阙之下者，皆是此类性情中人。不过，他们也明白，既然对此世界无能为也，那就只能“养志者忘形，养形者忘利，致道者忘心”了。安心立命，然后才能流芳百世。当然，流芳百世与否，在贤达来看，也是梦幻，但披裘老人对遗金的不屑一顾，确实可以引导我们在道德上更加圆融无碍，这就是庄子说的“无用之用”啊！君子有所不为，然后才能有所为。鲁仲连可以在救了赵国后悄然而去，田子方可以骄傲地对魏太子子击说：“亦贫贱者骄人也！”都是基于这样的底气。

远的人不说了，举民国白坚武为例。怎么说他也算是富贵中人，也曾经叱咤风云，是李大钊的同学，吴佩孚的幕僚。据说，如果吴佩孚没有被国民党打败，大概他也有可能成为民国政府的总理。可惜，他竟然接受不了困守于野的处境，竟然想借助日本人之手，谋求荣华富贵，甘心当了汉奸，不仅试图刺杀国民政府的大员，甚至策反队伍图谋兵变，最终被以卖国罪枪毙，可谓遗臭万年。反之，吴佩孚是国民政府直接打败的军阀，对国民党的仇恨应该比他苦大仇深，身份境遇的变化落差更大，但吴佩孚却做到了坚决不与敌寇为伍，誓死不做卖国贼，气节如斯，令后人赞叹不已。所以，看一个人的节操如何，往往不在于他顺境的时候，而在于他失意的时候。得意忘形大家都知道要规避，有多少人知道失意忘形才是人生最大的失败呢？白坚武这样的人就是没有办法控制欲望，坚持自我修养，以致被富贵名利引诱而丧身辱国，遗臭万年。

不过，诗曰：“他山之石，可以攻玉”，没有这些反面的例子，我们又怎么知道“鹤鸣在野，声闻于天”的不容易呢？不要惧怕失落感，那不过是欲望在引诱我们伤害自己的德行。道德圆满的在野贤达，担心的只是自己德性的缺失，对于所为的荣华富贵，乃至所有的雄心壮志都看得很淡。就任它们消磨在日常的琐屑之中，又当如何？不过是秋风过耳。而心中那团不肯平息的热火一旦烧得更加炙烈，就会出现走火入魔的现象。一念之差，往往就万劫不复。这就是问题所在。我怎么去看待自己的平凡，怎么才能去欣赏它，享受它。世界是什么样子，其实跟自己的心态有太多的关系。

孔子有三千弟子，富贵者多不胜数，但最受他喜欢的却是颜回，穷得只能一箪食，一瓢饮，但他能不改其乐，对于自身精神的要求从来没有松懈过，这才是颜回所以能感动夫子的地方，因为他知道，这人供养他的不仅仅是学费，更是身、语、意这样的奉献。而只有这样的人才可以托付自己最宝贵的东西。正是如此，夫子才在颜回早死的时候痛哭，说："天丧予！"他哭的哪里是颜回，就是他自己，生老病死不过是人生过程，仿佛四季之更替，但那个能了解自己的人一旦失去，却不知道何年何月才能重现。俞伯牙摔琴绝艺，嵇叔夜临市叹息，都是基于这样的哀伤啊。

当然，我们也可以说这首诗的作者是个政治家，是不得志的大臣。但是，显然他也觉得一个成功的政治家需要有良好的道德修养，才能全身而退。标榜青史、曾经权倾一世的霍光就是因为操守有缺陷，最后导致家族都被诛杀。而反观诸葛亮，在蜀国一样实际是行使君权，却没有人说三道四，因为大家都知道他的道德志向本不在世俗的荣华富贵啊！

总之，这首诗我觉得不像隐逸诗，更像一首励志诗，一首激励大家在逆境中也要努力修养道德的诗。

民劳

民亦劳止，汔可小康[1]。
惠此中国，以绥四方。
无纵诡随，以谨无良[2]。
式遏寇虐，憯不畏明[3]。
柔远能迩，以定我王[4]。
民亦劳止，汔可小休。
惠此中国，以为民逑。
无纵诡随，以谨惛怓[5]。
式遏寇虐，无俾民忧。
无弃尔劳，以为王休[6]。
民亦劳止，汔可小息。
惠此京师，以绥四国。
无纵诡随，以谨罔极[7]。
式遏寇虐，无俾作慝[8]。
敬慎威仪，以近有德。
民亦劳止，汔可小愒[9]。
惠此中国，俾民忧泄。
无纵诡随，以谨丑厉[10]。
式遏寇虐，无俾正败[11]。
戎虽小子，而式弘大[12]。

民亦劳止，汔可小安。
惠此中国，国无有残。
无纵诡随，以谨缱绻[13]。
式遏寇虐，无俾正反。
王欲玉女，是用大谏[14]。

注释

[1] 汔（qì）：乞，求。《郑笺》：“汔，几也。”

[2] 诡随：不怀好意。王引之《经义述闻》卷七：“诡随，谓谲诈欺谩之人也。”

[3] 寇虐：抢劫残害行为。俞樾《群经平议》：“言为寇虐者，必遏止之，不以其高明而畏之也。”憯（cǎn）：曾。《毛传》：“憯，曾也。”

[4] 柔：《通释》：“按能与柔义相近。柔之义为安之善，能亦安也善也。”

[5] 惛怓（hūn náo）：朝政纷乱。《郑笺》：“惛怓，犹喧哗也，谓好争者也。”

[6] 劳：《郑笺》：“劳，犹功也。”休：《尔雅·释言》：“休，庆也。”

[7] 罔极：《集传》：“罔极，为恶无穷极之人也。”

[8] 慝（tè）：邪恶。

[9] 愒（qì）：通“憩”，休息。

[10] 厉：《郑笺》：“厉，恶也。”

[11] 正：王引之《经义述闻》卷七：“正，当读为政。寇虐之

徒，败坏国政，遏之则政不败矣。”

[12] 戎：汝。《郑笺》：“戎，犹女（汝）也。式，用也。弘，犹广也。”

[13] 缱绻（qiǎn quǎn）：比喻朝政纷乱不顺。《集传》：“缱绻，小人之团结其君者也。”

[14] 玉女：玉：好，爱。女：汝，你。阮元《王欲玉女解》：“诗言玉女者，畜女也。畜女者，好女也。好女者，臣悦君也。召穆公言：王乎，我正惟欲好女畜女，不得不用大谏也。”大：意为郑重。

品读

《大雅》中只选择了这一首，因为其中有“惠此中国”这四个字。

迄今为止，我们所做的一切努力，陆续出版《读诗》、《读画》等新思想系列丛书，尽管微不足道，最终目的也是“惠此中国”，也是在尽我们作为一个中国人的基本义务。一切违反中国人道德概念，损害我们中国利益的文化艺术作品我们都坚决反对。对于文化艺术来说，我们不在乎形式，在乎的是结果。对于人生历程来说，我们看重的是结局，过程再如何艰辛曲折都不是重点。所以，汪精卫一定是汉奸，无论为他翻案的人说他曾经如何英勇，用心何其良苦，他就是汉奸，因为在外族入侵中国的时候他损害了中国的利益。王铎也是汉奸，无论他的字如何曼妙，他作为汉奸的本质连清朝政府都不否认，列之在《贰臣传》里，现在居然还有人捧他，令人叹息。当年蔡京流窜海南途中，他用金子换老百姓的馒头，老百姓都不给他，饿死他！现在，我们显然没有这样的机会，但对于一切损害中国利益的文艺形式和作品，却可以毫不犹豫地说：“垃圾！”

或许从世界主义的角度看，我们认为是垃圾的东西对其他民族也可能是有利的，比如当代艺术有一部分瓦解了中国艺术体系，当然对西方艺术思想的传播有利。但有真正的世界主义吗？民国初年最热衷搞世界主义的刘半农跑到欧洲去寻找世界大同的思想，他找到了吗？他回国之后贴纸条在自己的门上，说进了这个门，谁说英语我跟谁急。还有那个疑古玄同，曾经激进到提出要彻底消灭汉字，最后却向胡适道歉认了错，成了新文化运动中的一个笑料。

作为一个中国人要明白，没有中华民族屹立在这里，我们所有的人都会成为孤魂野鬼。别人的地方再好，始终不是自己的家园。

你妄想成为别的民族的血液，也要看看血型是否合适，否则人家的身体卫士也会赶你出局，最多做个牛痘这样的疫苗而已。

甘于做牛痘的人不是没有，否则就没有汉奸这个称呼了。别的领域我并不清楚，在绘画领域，很多人打着“自由民主”的旗号在绘画领域去中国化，不仅仅有高喊“中国画穷途末路了”的人，还有从根本上进行刨根掘墓的人。当然，绘画作品不是不可以采用西方的方式。在圣人来说，道并行而不相悖，任何文化形式输入，只要能将其宣传的目的建立在“惠此中国”之上，都应该为我们所接受，均可以称之为大雅。

所以，大雅就是文字思想能归于正而得其大，即孔子说的“可以兴，可以观，可以群，可以怨”。读之会陡然一惊，有所警悟，有所自省，有所收获。大雅就是说一切文化艺术作品的最终审美标准是善，是“惠此中国”的结果。大雅涉及的主要是关乎国家命运的思想，此首诗当然关乎执政者的道德操守，同时也是我们每一个中国人的道德自律。

虽然这里的“中国”被解释成“京师”，但不妨碍我们现在理解为整个国家。此一时，彼一时，不可以拘泥文本，也不应该脱离文本，读诗的妙处本来就在于文本和情绪之间，不能把握诀窍的人，不可以读诗，更不能成为诗人。一如，他讲的是政治家的操守，我们说的是艺术家的修养，两者虽然貌似不同，其实是一个道理。作为国家的执政者，只有“无纵诡随，以谨无良、惛怓、罔极、丑厉、缱绻”，才可以成功。作为一位艺术家，难道不也是如此吗？作品不可以无良，不可以丑陋，不可以沉溺色情暴力等等，才是好作品。而作为普通人，也有这样的责任。作为个体的家如果能处处向善，国家何愁不富强平安呢？

读诗读到这个境界，才能明白“万物皆备于我”的道理，才能坚定“致良知”的信心啊！

维天之命

维天之命，於穆不已[1]。
於乎不显，文王之德之纯[2]。
假以溢我，我其收之[3]。
骏惠我文王，曾孙笃之[4]。

注释

[1] 维：语气词。天：此非自然之天，也非哲学概念之天，乃道德之天，源自人类自性，集合伦理价值等诸善于一体的精神之天，显现为道德操守、人心向背等等。於（wū）：叹词，表示赞美。穆：庄严。

[2] 不（pī）：借为“丕”，大。

[3] 假：通“嘉”，美好。溢：马瑞辰《毛诗传笺通释》：“《尔雅·释诂》：‘溢、慎、谧，静也。’诗言‘溢我’，即慎我也，慎我即静我也，静我即安我。”

[4] 骏惠：郑笺训为“大顺”，马瑞辰《毛诗传笺通释》：“惠，顺也；骏当为驯之假借，驯亦顺也。骏惠二字平列，皆为顺。”曾孙：孙以下后代均称曾孙。郑笺：“曾，犹重也。”笃：指笃行，行事一心一意。笃，厚。

品读

这首诗字数少，出自《诗经》“风、雅、颂”三部分中的“颂”。字数少并不代表没有滋味。从中国绘画的角度看，有时候简笔画更耐人寻味。比如梁楷的《行吟图》，寥寥几笔，却能百看不厌。甚至写文字也应该尚简去繁，毕竟洋洋洒洒上万言、十万言的文字，固然有可观之处，但随着人们生活节奏的加快、图书出版业的繁荣，即使一本书有真知卓见，也很容易淹没在文字障中。而寥寥数笔的绘画、简短精炼的文字，往往会一针见血，切中主题，省却了许多麻烦。

要达到这个境界，关键在于了解读书的根本目的不是增加知识，而是彻悟自性。通俗点说就是我们需要树立什么样的审美观、价值观。这是必然的。就中国人来说，一首诗如果不符合我们民族的审美情趣，基本就是文化垃圾。能有这样的判断力完全在于我们读诗的时候有什么样的情怀，而有什么样的情怀就会有什么样的人生。价值观与人生实践，是紧密结合在一起的。

“颂”是周之前国家祭祀先祖时候采用的感恩词，代表着中国古文化时代我们的主流文化价值观。这种价值观因为源自于人类普遍的性情，而非来自于利益上的考量，因此具有广泛和深远的价值和影响，甚至今天我们中国人也没有摆脱这样的概念，还是在仁义道德的这个大的伦理圈子里绕来绕去。其实在每个国家大概都是如此，一般来说，从艺术领域看，你很难看到自己民族的艺术工作者会丑化本民族的文化代表，即使有也会受到整个社会的抛弃，西方社会尤其如此。人类社会中自然有很多黑暗的因子，但人类却是向往光明的飞蛾，恰恰是那种奋不顾身的飞蛾精神，我们人类才能在残酷的竞争中脱颖而出，成为地球的统治者。所以，读《诗经》最重要的是要熟谙诗句中透露出来的价值观，这是中国文化所以能绵延5000多年的根本，也是中国人所以成为中国人的标准。孔子说过：夷狄之有君，不如华夏之无。他所涉及的华夷之辩关键在于文化的有无，政权归属其实还是其次的事情。

既然明白了文化价值观的重要性，那么就让我们看看文化中的光辉代表人周文王吧！以前曹操进爵魏王，荀彧幻灭殉汉，曹操本人也退却了称帝的野心，只能说我做周文王。周文王和曹操可不一样，虽然当时天下三分之二归附了周朝，但商纣王在管辖区还具有绝对的权力，丝毫没有被周文王威胁的感受，这一点汉献帝大概要羡慕商纣王了吧？而这一切都要归于周文王对商纣王的“克己复礼”，明明已经在实力上远远超过了纣王，天下可以说唾手可得，却还能谨守自己的臣子本分，乐天知命，怡然自乐。这样的人，不是圣人又是什么呢？

诗的首句就归于天命。天命即人心，人心所向，才可以称之为圣。文王造苑，百姓出工出力，唯恐不能及时保质地做好，因为文王即百姓，为自己建园，本来就是这个态度嘛。所以，文王之德，已经至纯而诚，与民众同喜同戚。书曰：民之所好好之，民之所恶恶之，是谓民之父母。文王就是这样的人啊！人心所向，即是天命所在。所以历代以来，我们都尊崇他为圣人。

诗人感慨文王的道德完美之后，即表达了对文人的信仰需要转化成完善自己的力量。从文王的事迹中我们体会圣人本意，然后自己去实践，不做令文王蒙羞的事情，这才可以说是文王的好子孙，好后代。古人说留给孩子遗产，不如教他如何做人。因为财产留多少，都有时而尽，只有文化可以绵延流长。汉疏广叔侄做于前，曹丕感慨于后。他说：“盖文章，经国之大业，不朽之盛事。年寿有时而尽，荣乐止乎其身，二者必至之常期，未若文章之无穷。是以古之作者，寄身于翰墨，见意于篇籍，不假良史之辞，不托飞驰之势，而声名自传于后。”诗人大概也是这个概念，所以用“笃”字表达子孙学习文王精神的必要性，可谓传神之字。

当然，现在有人会说文王作为文化典型已经过时了，毕竟是封建时代的代表，现在我们提倡民权，当官的应该是公仆，而不是民之父母。当年孙传芳说：“现在做官的自称是人民公仆，欺世谎言以此为最无耻。什么是公仆？公仆就是仆人。凡是仆人没一个好东西，不是赚主人的钱，就是勾搭主人的姨太太，要当就当人民的父母官。天下父母，哪有不爱子女的？爱民如爱子才是，那才能真正为人民谋福利、做好事！”当然，仆人也有义仆，所以他的话不妨读之一笑！

蓼莪

蓼蓼者莪，匪莪伊蒿。哀哀父母，生我劬劳[1]。
蓼蓼者莪，匪莪伊蔚。哀哀父母，生我劳瘁[2]。
瓶之罄矣，维罍之耻。鲜民之生，不如死之久矣[3]。
无父何怙？无母何恃？出则衔恤，入则靡至[4]。
父兮生我，母兮鞠我。抚我畜我，长我育我[5]，
顾我复我，出入腹我。欲报之德。昊天罔极[6]！
南山烈烈，飘风发发。民莫不穀，我独何害[7]！
南山律律，飘风弗弗。民莫不穀，我独不卒[8]！

注释

[1] 莪（é）：一种草，即莪蒿。李时珍《本草纲目》："莪抱根丛生，俗谓之抱娘蒿。"劬（qú）劳：与下章"劳瘁"皆劳累之意。

[2] 蔚（wèi）：草名，即牡蒿。

[3] 瓶：汲水器具。罄（qìng）：尽。罍（léi）：盛水器具。瓶中无水乃盛水之器的耻辱，父母不能安享生活是做儿子的失败。孔子曰："父母唯其疾之忧。"可作本句注脚。鲜（xiǎn）：指寡、孤。民：人。此处当诗人自责也。

[4] 怙（hù）：依靠。恃：依赖。衔恤：含忧。

[5] 鞠：养。拊：通"抚"。畜：通"慉"，喜爱。顾：顾念。

复：返回，指不忍离去。腹：指怀抱。

[6] 昊(hào)天：广大的天。罔：无。极：准则。

[7] 烈烈：通“颲颲”，山风大的样子。飘风：同“飙风”。发发：读如“拨拨”，风声。

[8] 律律：同“烈烈”。弗弗：同“发发”。卒：终，指养老送终。

品读

我所以决定写《读诗·诗经》，是因为这首诗所激励的。《诗经》是世界上最难再阐释的诗文经典。时间久远，有太多贤达人士进行了各种各样的解读，想出人头地，不咀嚼古人余唾，真是难上加难。所以，我一直在想《读诗·杜甫》、《读诗·陶渊明》之后，我是不是可以写《读诗·汉乐府》、《读诗·韦应物》等等，其实没想写《诗经》。

偶尔一个机会，我随孩子听古诗吟诵，听到这首诗，忽然有所感触，继而读书了解了全文，之后大受感动，一个孩子失去父母之后的哀伤，是那么深切孤独，是那么地“悲从中来，不可断绝”，催人泪下。我在医院里陪着母亲看病，帮她捋头，忽然觉得她真是太像我外婆了，就问她：“妈妈，你会想念我外公外婆吗？”妈妈说：“怎么可能不想，随时都在想，否则就不会对你舅舅这么好了！”外婆、外公去世都已经近二十年了，母亲对他们的思念竟没有一天断绝。当时就想起这首诗，随即就不自量力地决定写《读诗·诗经》，献给我的母亲。她是那么地爱她的父母，我也如此爱着她。孔子说过，所谓孝者，善继人之志，述人之事也。那么我不仅要把母亲那种孝道继承下来，还要将其传播开来，这大概可以算孝了吧？

其实，严格说来，我这样做是为了自己，根本不是为了母亲，更谈不上孝。我很害怕那种失去父母的失落感，怕如同孤魂野鬼，没有人可以思念和关怀。一个人成年之后有了自己独立的家庭，有了孩子，对父母还是那么依恋，那种发自人性的亲近，是我们中国文化的根本。我们要守护它，维护它，任何想破坏它的力量或者企图，我们都应该舍命抵抗，不仅仅为了父母，更为了我们自己，为了我们孩子的未来。

诗人坐在河沿上，看到风中摇曳的芦苇，不免触动了心绪，眼泪模糊了视线，看着芦苇就觉得是俗称抱娘蒿的蒿草。心里或许知道不是，但在感情是又觉得是。触景生情，将自己的情绪反射到景物之上，结果一切都围绕着自己的心情而改变。所以说，世界有的时候就是唯心的，有的人之所以不能了解这点，是他的情绪还没有到达一个真诚如一的境界。当然，唯物还唯心，其实都虚妄，最重要的是要应景。

“瓶之罄矣，维罍之耻”这句诗，本意是说小瓶没有了酒，大瓶亦以为耻，我认为酒瓶空了，是因为小瓶子无节制地索取。恰如我们对父母的依赖，我们总是认为父母是万能的，或者是永远健康的，一旦发现他们其实已经油干灯枯，垂垂老矣，而我们却已经没有多少时间，甚至没有机会来报答他们了。这时会有一种痛不欲生的感觉，才有后面这句：“鲜民之生，不如死之久矣。”就是说，不能孝敬父母，真正空枉自己活了这么久！不能使父母安享天年，做子女的多么自责。

诗人既然想起了父母，又遇到了生活中的种种不快，无处宣泄，自然会泪如泉涌，或者嚎啕大哭，或者捶胸顿足。诗人即如此，他一边哭一边说，一边说一边哭，一会说自己身世可怜，没有父母可以供养；一会又想起父母生养自己的恩情没有及时报答，觉得后悔不已；一会又怨天尤人，为什么别人都有父母可以孝敬，我自己却没有。真是这样，还不如死了好。絮絮叨叨，貌似没完没了，但我们不觉得罗嗦，反而觉得意犹未尽。这正是情在其中，所以能感人肺腑。写文字其实没有太多妙诀，只需要情真意切而已。

如果仅仅是随之而恸，则本诗也就如此而已，但激发起来的情感不可能随着文字结束而结束。所以，诗人悲伤得忘乎所以，会时刻提醒我们要珍惜跟父母在一起的时间，爱他们，陪伴他们，了解他们，支持他们，让他们以我们为荣，不要令父母蒙羞。因为，一旦失去，就永远没有回头之日。这样看来，当年老莱子七十岁了，还能有机会逗父母开心，真是有大福报的人啊！

结语

最后只需要说的有两点:

一是这本书对原文不做白话翻译，也从没想过这样做。它本来就是口语化的，我们只就其中的一些生僻字和词语做一下注释。如果有人读原文有障碍的话，我们也无可奈何了。

二是这本书以《蓼莪》这首诗作为结尾，是想与第一首《关雎》做一个呼应，再次强调：发乎情的一切情绪，无论哪一种，爱情也好，友情也罢，乃至于君臣、手足、夫妻之情等等，其实最终都要止于礼。礼之本在孝，孝即善，即仁，即义，即道。

且作结语。